WITCH FOR A WEEK

エルシーと
魔法の一週間

ケイ・ウマンスキー
岡田好惠 訳

評論社

WITCH FOR A WEEK
by Kaye Umansky

エルシーと魔法の一週間

表紙装画＆挿画　橋賢亀
装丁　内海ゆう
章扉デザイン　角口美絵

ピクルス百貨店《ひゃっかてん》の接客《せっきゃく》マナー集

一、いつもにこにこ、あいそよく
二、お客は、神さま、さからうな
三、話をよく聞け
四、さえぎるな
五、しんぼう強く
六、やさしい声で
七、おだてて、買わせろ
八、年中無休《むきゅう》
九、きれいなハンカチ用意して
十、あきずに商《あきな》い、がんばろう！

1. 現れた魔女

スモールブリッジの町に、〈赤い魔女《まじょ》〉がまた現《あらわ》れたのは……。

四月も終わりに近い、よく晴れた土曜日のこと。大通りから一本入った、〈ピクルス百貨店《ひゃっかてん》〉では、長女のエルシーが、朝から、お父さんといっしょに、店番をしていました。

〈百貨店〉なんて言ってますけどね、じつは地味で小さな雑貨店《ざっかてん》。せまくて暗い店の中には、なべやろうそく、ほうきなんかが、ごたごた並《なら》べられています。お客はめったにこないし、きたって、むだ話をして帰る人ばかり。

きょうも、朝から売れたのは、ほうき一本、くつひも一組だけです。

（あーあ、ひま、ひま、ひま！）

エルシーは心の中でつぶやくと、あくびをし、のびをしました。

大通りからは、人々のにぎやかな話し声やくつ音。

ワンワンワンと、犬が吠《ほ》える声につづいて、

「コラ、どけ、じゃまだ！　コラ！　この宿なし犬！」

だれかのどなり声が、飛《と》び込《こ》んできます。

連休初日《しょにち》で、町は大にぎわい。それでも、

（うちの店までは、お客が回ってこないのよね……）エルシーは、ため息をつきました。

パン屋さんやケーキ屋さんなら、毎日お客がくるでしょう。でも雑貨店に、毎日フライパンを買いにくる人は、まあ、いません。ゴムひもは、食べられないしね。

ボーン、ボーン、ボーン……市庁舎《しちょうしゃ》の時計が、正午を告《つ》げました。

すると、外のようすが、一変《いっぺん》したのです。

あんなに晴れていた空が真っ暗になり、びゅうと不気味《ぶきみ》な音をたてて、風が巻《ま》き起こりました。大風は人びとのぼうしや日傘《ひがさ》を奪《うば》い、木々を根こそぎたおし、煙突《えんとつ》を吹《ふ》き飛ばして

いきます。

みんなが、あわてて走りだし……。大通りには、またたくまに、人がいなくなりました。エルシーの耳にも、あちこちの店で、シャッターをおろす音が聞こえてきます。のら犬のコラも、どこかへ姿《すがた》を消したようです。

「いやあ、久《ひさ》びさの、すごい嵐《あらし》だ」

お父さんが、店の奥《おく》から出てきました。

「じゃ、きょうはもう、閉店《へいてん》でいい!?」

エルシーが目を輝《かがや》かせると、

「いいや、エルシー」

お父さんは、首を横にふり、

「ピクルス百貨店《ひゃっかてん》の接客《せっきゃく》マナー八番は!?」

と、大まじめな顔で聞いたのです。

「八番は、ええと……年中無休《むきゅう》？」

「そのとおり。嵐《あらし》がきたって、年中無休。閉店時間まで営業《えいぎょう》だ！」

お父さんはそう言うと、

「じゃあ、あとは頼《たの》んだぞ、長女」

とぼとぼと、二階に上がっていきました。

外では、あいかわらず、季節《きせつ》外れの嵐が吹《ふ》き荒《あ》れています。

（こんな嵐をついてくる物好《ものず》きなんて、どこにいるのよ？）

エルシーは肩《かた》をすぼめ、また、ため息をつきました。

（いろいろ文句《もんく》はあるけどね、父さんがきらいってわけじゃない。この店を、なんとかつづけていこうと、がんばってるのはわかるし。母さんは、もちろん大好きよ。三人の弟たちも。

店番だって、いやじゃない。でも……）

でも、時には、同じような毎日に、あきあきしてくるのです。――この町を流れる、細い川みたいな、単調《たんちょう》な毎日に。

エルシーは、うす暗い店のカウンターに、飛《と》び乗り、

（たまには、何か、すごく面白いことが、あればいいのに）

ゆかにぬぎすてたブーツを、じっと見つめました。

（たとえば、あのブーツが魔法《まほう》で、新品のくつに変《か》わるとか……）

まぶたの裏《うら》に、このあいだ、大通りのくつ屋さんで見た、すてきなくつがうかびます。可愛《かわい》いリボンがついた、ブルーのダンスシューズ。

（あのくつはいて、五月祭におどりたいな！）

でも、それはむりだと、エルシーにはわかっていました。なにしろ、ピクルス家は、財政困難《ざいせいこんなん》の毎日。店の売上げはさっぱり上がらず、その上、最近末《さいきんすえ》の弟が生まれたばかり。お母さんは、やりくりにてんてこまいです。新しいくつがほしいなんて、だれが言えるでしょう。しかも、あんな高そうなくつを……。

（でも、想像《そうぞう》するだけなら、ただよ）

せめて、あのくつをはいた自分を思いうかべようとしました。

するとそのとき、ドンドンドン！　ドアを、激《はげ》しくノックする音が聞こえました。

びっくりして見ると……いたのです！

あの魔女《まじょ》が！

魔女は、木のドアにくりぬかれた丸いガラス窓《まど》から、こちらをのぞいています。青白い顔、緑の目。頭のてっぺんで、丸くまとめた、赤い髪《かみ》。まとめきれなかった赤毛が、顔の回りでふらふらゆれて……。いったい、何歳《さい》ぐらいなのか、エルシーには見当もつきません。ドアの向こうの魔女は、エルシーと目が合ったとたん、消えました。

次の瞬間《しゅんかん》、店のドアがばんと押《お》し開けられたのです。さびたドアベルが、ゆかに落ち、小さなつむじ風が吹《ふ》き込《こ》んでくると、品定めをするように店内をぐるっと一周《いっしゅう》。

（なんだ、このしょぼくれた品ぞろえは！　あきれたね）とでも言いたげに出ていき、入れ替《か》わりに魔女が姿《すがた》を現《あらわ》したのです。

（いったい……どうなってるの？）

エルシーは、この魔女について、いろんな噂《うわさ》を耳にしていました。

魔女の正式な名前は、マゼンタ・シャープ。

町の人たちからは、〈赤い魔女《マゼンタ》〉と呼《よ》ばれています。理由は三つ。

一、赤毛で

二、真っ赤な手袋《てぶくろ》

三、真っ赤なマントに、先のとがった真っ赤なブーツ

これだけでも、かなり強烈《きょうれつ》。魔女っぽいでしょ？　でも、マゼンタが魔女と呼《よ》ばれる本当の理由は、別《べつ》にあったのです。それはね、彼女《かのじょ》が、どこかよその土地からきた変《か》わり者で、だれとも付《つ》き合おうとしないから。

魔女は、めったに、町に現《あらわ》れません。ブーツの底《そこ》がすり減《へ》ったとか、新しいくつ下が急に必要《ひつよう》になったとか、どうやら、自分ではどうにもならない小さな用事ができたとき、しぶしぶ、やってくるようです。

そしていつも、風のように現れ、風のように立ち去る。親しくあいさつを交わすこともなく、用事がすむまで、いらいらしながら待っている……それが、〈赤い魔女〉マゼンタ流なのでした。

その上、現《あらわ》れるときは必《かなら》ず、季節《きせつ》はずれの雪や、ひょうや、濃《こ》い霧《きり》や嵐《あらし》を引き連れてくるのです。

町のおとなたちは、そんなマゼンタ・シャープを〈魔女《まじょ》〉と呼《よ》んで敬遠《けいえん》していました。絵本に出てくる魔女のように、黒いマントと三角帽《ぼう》で、ほうきに乗って現れなくてもね。

別の噂《うわさ》では、マゼンタは、町の隣《となり》に広がる、〈おいでおいでの森〉の〈魔女の塔《とう》〉に住んでいると言われていました。

それも、ガラスの塔だ、氷の塔だ、いや大理石の塔だと、いろんな噂が飛《と》び交《か》っています。

「でも、本当に見た人は、まだいないんでしょ」

エルシーがたしかめると、おとなたちは肩《かた》をすぼめ、

「そうは言うけどさ、むにゃむにゃ……」

と、言葉をにごすのでした。

名前からして恐《おそ》ろしげなあの森には、だれも近よりたがらないのです。

でも、今のエルシーには、噂なんか、どうでもいいことでした。頭にあるのはただ、お客がきた、ということだけ。

こんな嵐のさなかに、なんと、お客さんが現れたのです、

エルシーはカウンターからとびおり、はだしでレジの前にすわると、

「いらっしゃいませ。何をさしあげましょう?」

満面《まんめん》に笑《え》みをうかべて、聞きました。

2. だれでもできるのよ

魔女《まじょ》は、ゆかに落ちたドアベルを、ブーツのつま先でけとばすと、

「新しいのが必要《ひつよう》ね」

ぼそっと言いました。

「はい、そうですね」

エルシーは、うなずき、

「あの……何かおさがしの品は？」

と、改《あらた》めて聞きました。

「正直言って、何もないわ」

魔女は、せまい店内をぐるっと見回し、肩《かた》をすぼめました。

エルシーはすかさず、

「ゆっくりごらんください。きょうはコルクの栓《せん》ぬきがお安くなってますよ。それにしても、ひどいお天気ですね」と、あいそよく、つづけました。

小さいときから店番をしていると、こういうせりふが、すらすら出てきます。

そうそう！　ピクルス百貨店《ひゃっかてん》には、エルシーのお父さんが作った、接客《せっきゃく》マナー集

があるんです。

◆ピクルス百貨店の接客マナー集◆

一、いつもにこにこ、あいそよく
二、お客は、神さま、さからうな
三、話をよく聞け
四、さえぎるな
五、しんぼう強く
六、やさしい声で
七、おだてて、買わせろ
八、年中無休《むきゅう》
九、きれいなハンカチ、用意して
十、あきずに商《あきな》い、がんばろう！

エルシーがマナー一番を守って、にこにこしていると、

「あたしが、嵐《あらし》を連れてきたのよ」

魔女《まじょ》は、ずばりと言いました。

「この町に、ちょっと、刺激《しげき》をあたえようと思ってね。あんた、毎日が、死ぬほどたいくつじゃない？」

「ええ、まあ、たまには」

エルシーは、接客《せっきゃく》マナー二番を守って、答えました。

「季節《きせつ》はずれの嵐が起こると、みなさん、何週間も、その話題でもちきりです」

「あ、そ。じゃ、あたしの親切も、まんざらむだじゃなかったわけね。ところで、掲《けい》示板《じばん》はどこ？」

魔女はエルシーを、ぎろりと見ました。

「お客さまの後ろです」

エルシーは、店の掲示板を指さしました。

「使用料《しようりょう》は？」

真っ赤な手袋《てぶくろ》をはめた魔女のてのひらに、いきなり、大きな紙が一枚《まい》現《あらわ》れました。

「一週間で、銅貨《どうか》一枚、いただいています」

「一週間も必要《ひつよう》ないの。すぐ決めたいから」

「すみません。でも、お安くはできないんですよ。もちろん、よく宣伝《せんでん》させていただきますが」

〈接客マナー五番『しんぼう強く』〉

「画びょう、ない？」

　魔女は、もっている紙を、エルシーからもらった画びょうで、掲示板のど真ん中にどんと貼《は》りつけたのです。前から貼ってあった紙が、何枚も、ゆかに落ちました。

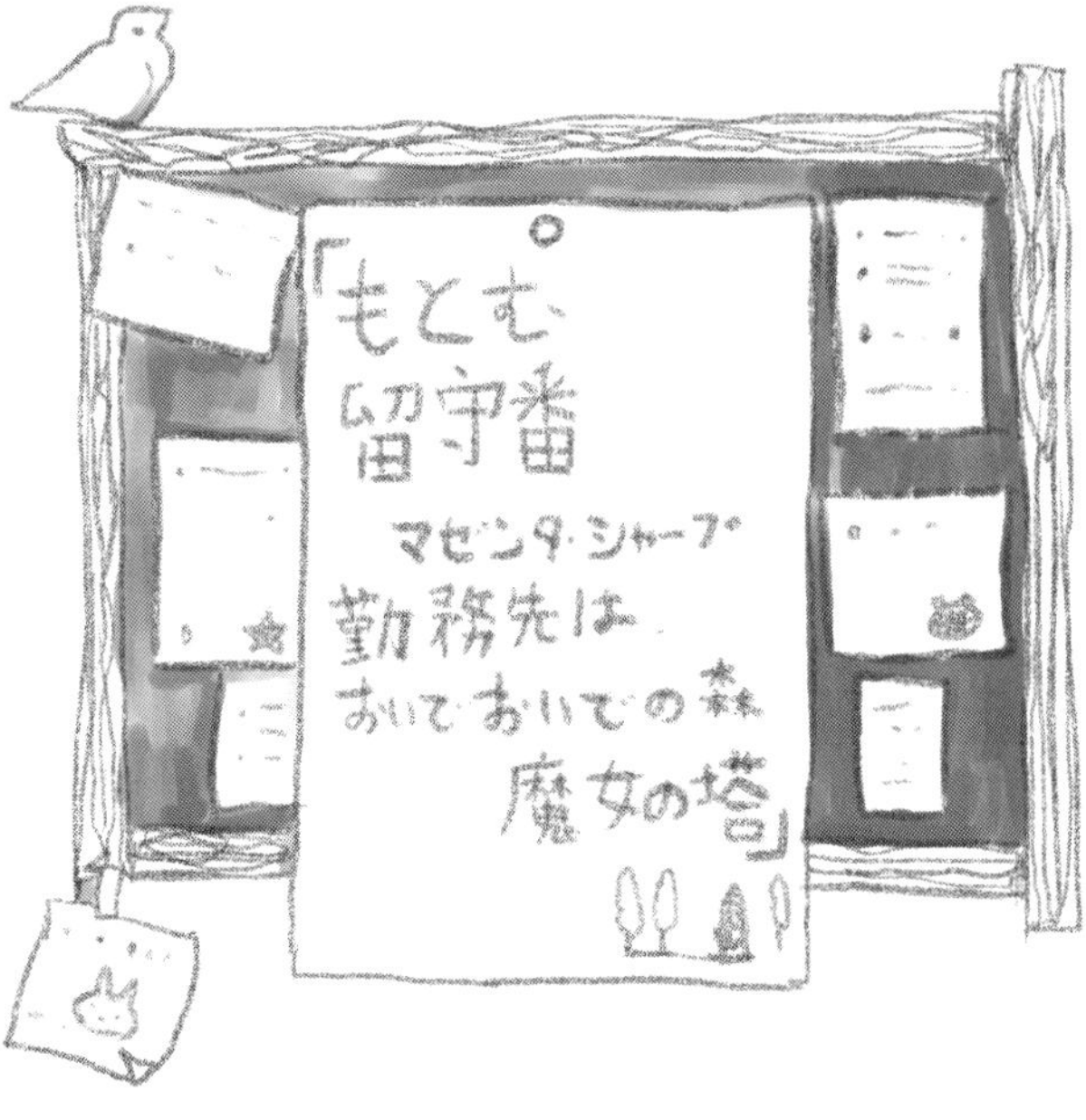

「……もとむ、留守番《るすばん》？」

エルシーは、魔女《まじょ》が貼《は》った紙を、小声で読み上げました。

「マゼンタ・シャープ。勤務先《きんむさき》は、おいでおいでの森、魔女の塔《とう》。うーん……」

「その『うーん』て、どういう意味よ？　何が問題？」

魔女につめ寄《よ》られ、エルシーは、こわごわ答えました。

「……もう少しくわしく書いてくださると、助かるんですけど」

「たとえば？」

「そうですね。たとえば期間は、どのくらいですか？」

「一週間よ。妹を訪《たず》ねることになってね。妹はときどき、具合がわるくなるの、いつもは日帰りだけど、今度は、そうもいかなくてね」

魔女は、掲示板《けいじばん》の横のいすに勝手に腰《こし》をおろすと、言いました。

「わかりました。それで、いつから、一週間ですか？」

「明日から」

「ずいぶん急ですね！　それでは、お仕事の内容《ないよう》は？」

「調べ物、色々。しつこく入りこもうとする近所の人たちを撃退《げきたい》。それから、苦情《くじょう》の手紙の受け取りと保管《ほかん》」

「苦情の手紙……ですか？」

「そ。あたし、魔法《まほう》の通信販売《つうしんはんばい》をやってるのよ。〈シャープの速効魔術《そっこうまじゅつ》〉っていうんだけど。聞いたことない？」

「いいえ……」

「あら、そ」

魔女は、ちょっと、がっかりした顔で、つづけました。

「通販なんて、始めなけりゃよかった！　年がら年じゅう、梱包《こんぽう》に追われて。やっと発送しても、とちゅうで中身がもれたり、爆発《ばくはつ》したり、とどかなかったり。結局《けっきょく》、苦情が山ときて、払《はら》った

お金を返せと、なるわけよ。ああ、もういや」

「大変《たいへん》ですねえ。わかります」

エルシーは、接客《せっきゃく》マナー集のとおりに言いました。でもだんだん、本気で魔女《まじょ》の話を聞き始めたのです。

（この人、いつも相手にするお客さんたちとは、ぜんぜん違《ちが》う！）

するど魔女は、

「まったく、お客は、いつだってわがままよ。そうだ！　忘《わす》れてた。留守番《るすばん》の仕事の内容《ないよう》に、『コルベットの水入れの水を替《か》える』を付《つ》け加《くわ》えといて」

「コルベットって？」

「カラスよ、うちの塔専属《とうせんぞく》のカラス。たいていのことは自分でできるんだけどね。水道のじゃ口をひねることだけはむりなの。なんてったってカラスだもの」

「そうですね。それにしても、コルベットって、珍《めずら》しい名前。わたしならチャーリーとか、わかりやすい名前をつけるけど……」

「コルベットは、古いフランス語で、カラスって意味なの。でもあたしがつけたわけじゃないわ。あいつが自分で、自分をそう呼《よ》んでるだけ」

「わかりました。『コルベットの水入れの水を替える』こと、と」

「そうね、ま、そんなところかな。料理《りょうり》をする必要《ひつよう》はないわ。塔がやってくれるから。それに、本もどっさりあるわよ。本好《ず》きは、たまらないでしょうね」

魔女は上目《うわめ》づかいに、エルシーを見ると、

「本は好き？　このあいだ図書館で見かけたわよ。よく行くの？」

と、女刑事《けいじ》みたいに、問いつめました。

「ええ。毎日でも行きたいんですけど……」

エルシーは答えて、つづけました。

「店番があるし。家に本をもって帰れないんです。弟たちが、なめたり、かじって、めちゃめちゃに……」

「あらま！　それなら、効果《こうか》てきめんの魔法《まほう》があるわ。『瞬間《しゅんかん》くぎづけスプレー』といってね。しゅっとひと吹《ふ》き、相手をその場で、固《かた》めちゃうの。うちの人気商品のひとつよ」

「そうですか。でも、だいじな弟たちを固《かた》めちゃうなんて……」

「あら、そ？　あたしなんか、むかしは妹に、もっとすごいことをしたもんだけど……。じゃ、これはどう？　本を、あんたの弟たちの手がとどかない場所に置《お》く」

エルシーは、うなだれました。

「むりです。うちには、かくす場所なんて、ないから。わたし、ここの二階の子ども部屋を、上の弟二人と使っているんです。一人だってせまいのに、三人じゃ、ぎゅうぎゅうづめで」

そして、ひと息つき、

「あのお、留守番《るすばん》の仕事に魔法《まほう》を使うことはふくまれていませんね」

とたしかめました。魔女《まじょ》はうなずき、

「ええ、ふくまれていないわ。あたしが帰ってくるまで通販《つうはん》は一時休業。ただし、塔《とう》は魔法で動いているの。いわば〈魔法の塔〉。そして魔法は、けっしてむずかしいものじゃないの。留守番《るすばん》する人は、だれでも試《ため》してみればいい」

エルシーをじっと見つめて、言いました。

「あたしはね、試しにやってみるって、とても大切なことだと思っているの。なんだって、やってみなけりゃわからないでしょ」

エルシーは、首をかしげました。

「でも、危険《きけん》はないんですか？　あなたが留守のあいだに、何も知らない人が、うっかり魔法を試したりしたりして」

「ああ！　けがとか、火事とか？　いいじゃないの」

魔女は、大きく息を吸《す》いこんで言いました。

「あんた、『失敗《しっぱい》は成功《せいこう》の母』って言葉、知らない？　人はね、失敗から学ぶってこと。それに、魔法は、基本《きほん》さえ守れば、失敗はないの。だれでもできるのよ。みんな、そこがわかってないだけでね、エルシー」

「待って！　なんで……わたしの名前を知ってるんですか？」

「いいから、聞きなさい。魔法の三原則《げんそく》ってのがあるの」

魔女は、真っ赤な手袋《てぶくろ》の長い指を折《お》り曲げてみせました。

「一、説明書《せつめいが》きを読み、二、正確《せいかく》に調合し、三、実行！　わかった？」

「わかりました。でも……でもどうすれば、魔法《まほう》が使えるようになるんですか?」

「そうね、まずは試《ため》す。うまくいけば、こつをつかめる」

「こつ?」

「そう、ピアノや料理《りょうり》と同じ。こつをつかめる人もいれば、だめな人もいる。それを『才能《さいのう》』とも言うわよね。魔法は一に才能、二に練習」

魔女は、すっと、いすから立ち上がると、つづけました。

「仕事の話にもどるけど。この募集《ぼしゅうじょうけん》条件に、何か足すことは?」

「アルバイト料はどのくらいでしょう?」

「さあ、どのくらいがいいかしら? あんたの意見は?」

「そうですねえ。働《はたら》きに応《おう》じて、ということでは?」

「じゃあ、『働きに応じた賃金《ちんぎん》を払《はら》います』と書いておいて」

魔女はエルシーを横目で見ると、言いました。

「それとも、新しいブルーのダンスシューズが買える賃金じゃ、どう?」

エルシーは、また、ぎょっとしました。

（この人、なんで、そんなことまで知ってるの⁉）

魔女は、肩《かた》をすぼめました。

「ほら、おぼれかけた魚みたいに、口をぱくぱくさせてないの！　あたしは〈魔女〉。相手の心が読めるの。人に心を読まれたくなければ、古いくつをいやそうにぬぎすてておかないことね」

あきれたように言うと、つづけました。

「ともかく、うちの留守番《るすばん》は、かんたんな仕事よ。わかったでしょ。ただし、コルベットに、がまんできればだけど。あんたならきっと、だいじょうぶ」

「わたし⁉　だめです。できません」

エルシーは、あわてて断《ことわ》りました。

「店番があるし。母の代わりに、弟二人の世話をしなけりゃならないし。このあいだ、三番目の弟が生まれたばっかりなんです」

「じゃ、もし、このアルバイトで、家族に色々買ってあげられたら？　弟たちには新しいスニーカー。お母さんにはおしゃれなぼうし。五月祭のごちそうの材料《ざいりょう》も買えるのよ。それでもまだ少し、アルバイト料があまったら、店をきれいにしたらいいわ」

「ありがとうございます。でも、両親は、きっと許《ゆる》してくれません」

エルシーはうなだれました。魔女《まじょ》は、首をかしげました。

「なぜ？　あんたの両親が、魔女ぎらいだから？」

「そうじゃありません！　父も母も、あなたのことをよく知らないから。知らない人のところに、泊《と》まりがけで行かせてなんかくれません！」

「でも、あたしは留守《るす》なのよ。あんたに手出しはできない」

「たとえそうでも、父は許してくれないと思います」

「そ！　だったら、よく効《き》く魔法《まほう》があるわ。『イエス・ドロップ』っていう液体《えきたい》。あんたのパパのティー・カップに、三てき落とすだけ。あんたが頼《たの》めば、なんでもイエスと言うようになる」

「わたし、言いましたよね。弟たちに魔法をかけるなんていやだって。父にだって、

同じです」

「あ、そ。わかった。じゃ、もっと気長な方法《ほうほう》を教えるわ。ママを味方につけるのよ。まず七面鳥の話、つぎに新しいぼうしのことを言う。そして、七日後には、ぶじに帰ってくるからと、しっかりつけ加《くわ》えるの。それは、あたしが保証《ほしょう》する。考えてもごらん、エルシー。自分だけの寝室《しんしつ》。自分だけの時間。おもしろい本が山ほど読めて。そして、アルバイト料《りょう》は……そうね……正真正銘《しょうしんしょうめい》の金貨《きんか》を二十一枚《まい》。一日三枚の計算よ。どう？」

エルシーは息をのみました。金貨二十一枚？　正真正銘の金貨が、二十一枚⁉

ピクルス百貨店《ひゃっかてん》の過去《かこ》十年の売上げ合計より、ずっと上です。

「ほら、エルシー。勇気《ゆうき》を出して！」

魔女《まじょ》はエルシーの背中《せなか》をどんとたたきました。

「いいから、おいで、明日の朝一番に。歯ブラシ一本もって。はい、掲示料《けいじりょう》。これで、店に新しいドアベルをつけるのね」

真っ赤な手袋《てぶくろ》のてのひらに、金貨《きんか》が一枚《まい》、ひょっこり現《あらわ》れました。金貨はきらめきながら空中を飛《と》び、カウンターのはしっこに落ちると、レジまでころがり、かちんと音をたてて、レジ箱にとびこみました。

「どうやって、あなたのおうちを見つければいいんですか？……森の塔《とう》を」

エルシーは、思わず聞き、あわてて言いました。

「いえ、あの。わたし、引き受けますとは……」

魔女は聞いてもいません。

「まず、〈おいでおいでの森〉に入る。森の中を歩いているうちに、こっちがあんたを見つけるわ」

そう言うなり、姿《すがた》を消しました。ドアから出ていったのではありません。その場から、ふいに姿を消したのです。

外では、風がおさまり、店の窓《まど》からひとすじの光が差《さ》し込《こ》んできました。車輪《しゃりん》の音と、あちこちから足音が少しずつ聞こえてきます。やがて、町は活気を取りもどしました。

エルシーはレジのまわりに散《ち》らばった銅貨《どうか》をすくい集めました。
そして、レジのボタンを押《お》すと、あっと声を上げました。
レジ箱が、銅貨《どうか》であふれそうになっていたのです！

3. 魔女の塔

次の日の朝早く、エルシーは家族が寝《ね》しずまっている家を出ました。前の晩《ばん》に、あいさつはすませてあります。

エルシーはお父さんから教えこまれた接客《せっきゃく》マナーを次々と、じょうずに使って、両親を説得《せっとく》しました。レジ箱いっぱいの銅貨《どうか》と金貨二十一枚《まい》のアルバイト料《りょう》も、大いに説得の役に立ってくれたようです。

森に向かって歩きだすと、いつのまにか、のら犬の〈コラ〉がついてきました。大通りでねそべるのが大好《だいす》きなコラは、「コラ！　じゃまだ。コラ、あっち行け！」と、どなられつづけ、いつのまにか〈コラ〉が名前になってしまったのです。

（でもどうして、わたしにくっついてくるの⁉）

エルシーは首をかしげ、ふと思い当たりました。去年の今ごろ、コラに、食べかけのソーセージを半分わけてやったことがあるのです。

「コラ！　お帰り、自分ちに！」

エルシーは思わずとがった声を出し、はっと気づきました。

（コラには家なんか、ないのよね……）

コラは、エルシーを見上げると、ぼろぼろのしっぽを、ものほしげにふってみせました。

「あのねえ、コラ。きょうは、ソーセージは、ないの」

エルシーは言いました。バスケットには本当に、歯ブラシと、替《か》えの下着と、お母さんから、むりやりもたされた、毛糸の肩掛《かたか》けが入っているだけです。

「あっちに着いたらすぐ、手紙を出すのよ、いいわね」

ゆうべ、お母さんは言いました。

「でも、あの森に郵便《ゆうびん》ポストなんか、ないんじゃない？」

エルシーが言い返すと、

「何、言ってるの。〈赤い魔女《まじょ》〉なら魔法《まほう》で郵便ポストぐらい出せるはずよ。もし、二日たっても、おまえから手紙がとどかなかったら、父さんにむかえに行ってもらうからね！」

そんなことにならなきゃいいけどと、エルシーは思いました。

おいでおいでの森は、日光がひとすじも入ってこない、暗くて深い森です。町のお

となたちは気味悪がって、だれもこの森に入ろうとしません。子どもたちも、あの森にけっして入るなと、言いわたされています。森にはオオカミがいっぱいすんでいるらしく、夜になると、エルシーたちの家まで、ぶきみな遠吠《とおぼ》えが聞こえるのでした。

エルシーは、やがて森の入り口までたどり着きました。

黒い影《かげ》を引く大木がぎっしり生えて、道らしい道もないようです。家や標識《ひょうしき》も見当たりません。でも、「こっちが、あんたを見つけるから」と魔女《まじょ》は言ったのです。

(だったら、見つけてもらうわ。だめで、もともとよ)

エルシーは心に決めると、

「じゃあね、コラ。幸運を祈《いの》って」

手をふって、コラを追《お》い払《はら》いました。

頭上では、鳥たちがさえずり、あちこちに野の花が群《む》れ咲《さ》いています。なんて、気持ちがいいところでしょう! エルシーは、魔女へのおみやげに、つりがね草を少しつもうかと思いました。でも、寄《よ》り道《みち》はだめと、自分に言い聞かせ、先を急ぎます。するると頭の中に、絵本で読んだ赤ずきんの物語がよみがえりました。この森に、人食いオオカミが住んでいるはずもありません。でも、一人で深い森の中を歩いていると、つい色々なことを想像《そうぞう》してしまいます。木こりたちが作った道を見つけて歩きだすと、〔魔女の家で留守番《るすばん》をするって、どんな感じかしら？〕と考え始めました。

エルシーは、ピクルス家の長女。いつもは学校から帰るとすぐ、両親を手伝《てつだ》います。ゆっくり休んだことなんかありません。夜になると、店の二階のせまい子ども部屋で、ひとつのベッドを二人の弟とわけあって寝《ね》るのです。

〔でも、これから一週間は、自分だけのベッドで、ゆうゆう眠《ねむ》れるんだわ。そして、だれにもじゃまされずに、ゆっくり本が読める！〕

そう思っただけで、わくわくしてきます。

つぎに頭にうかんだのは、魔女の塔《とう》のことでした。

〔〈魔法《まほう》の塔〉って、いったいどんな塔かしら？〕

とはいえ、魔法を試《ため》すつもりは、まったくありませんでした。エルシーが今まで読んだ物語では必《かなら》ず、登場人物たちが魔法を使いこなせず、大騒動《おおそうどう》になるのです。

〔魔法なんか試さないわよ！　ぜったいに〕

エルシーは、もう一度、心の中で誓《ちか》うと、歩きつづけました。

おいでおいでの森は、奥《おく》へ入りこむほど、足もとがわるくなっていきます。材木《ざいもく》を運ぶ道はとっくに消え、思わぬ落とし穴《あな》や、落ち葉の山や、太い根が現《あらわ》れるようになりました。

大木の枝《えだ》がからみ合って、光がちっとも入ってきません。いばらの茂《しげ》みがマントにひっかかり、足はとげがささって、傷《きず》だらけです。

おまけに、後ろからだれかがついてくるような気がしてなりません。重い息づかいのような音や、たまに小枝が折《お》れる音もします。

エルシーは、ついに立ち止まり、あたりをみまわしました。

「だれ？　だれが、いるの？　マゼンタ・シャープさんですか？　わたしです。エルシーです！　返事して」

でも、しずまり返った森の中に、自分の声が、うつろにこだまするばかり。

こずえで、一羽の鳥が高い声で鳴き、飛《と》び立ちます。

次の瞬間《しゅんかん》、ささやくような声が聞こえたのです。

「ほら、ここよ。あんたの後ろ」

エルシーは、ぎょっとして、ふり向きました。

すると、見えたのです。エルシーの目の前に、木々のこずえより高くそびえたつ、ひとつの大きな塔《とう》が。ガラスでも、氷でもありません。灰色《はいいろ》の石を積《つ》み上げ、緑のつたがびっしりからまった塔です。それまで、あたりの景色《けしき》にまぎれて、見えなかったのでしょうか、四方の壁《かべ》に、閉《し》まった窓《まど》が一つずつ、ついています。てっぺんには、赤い旗《はた》が、朝日を浴《あ》びてはためいていました。

(変《へん》ね。さっきまで、なかったのに)

エルシーは首をかしげました。

ふと見ると、塔の玄関《げんかん》の石段《いしだん》の上に、魔女《まじょ》が立っています。ドアを背《せ》に、ゴブラン織《お》りの、おしゃれな旅行かばんをさげて。いつもの赤いマントの代わりに、きちんとしたグレーのコート。赤い髪《かみ》はうしろでまとめ、真っ赤な手袋《てぶくろ》を別《べつ》にすれば、ごくまともな人に見えます。

「遅《おく》れてごめん。恥《は》ずかしくないかっこうをするのに、時間がかかって。どう?」

「すてきです」

エルシーが言うと、

「妹が住んでいる町では、昔風の考えの人が多くてね。こっちも合わせないと。妹はご近所の人たちに、姉は図書館の司書《ししょ》だと言ってるのよ。ところで、ご両親の許可《きょか》はもらったのね？」

魔女《まじょ》はてきぱきと聞きました。

「はい。レジの箱いっぱいの銅貨《どうか》のおかげ……いいえ、あなたのおかげです、シャープさん」

「マゼンタでいいわ。入って。ひと通り、仕事の説明《せつめい》をするから。時間がないの。一番列車に乗るんでね。移動《いどう》の魔法《まほう》を使ってもいいけど、妹はあたしが、普通《ふつう》の方法で来るのが好《す》きだから」

エルシーが階段《かいだん》に足をかけようとしたとたん、魔女は言いました。

「待って。紹介《しょうかい》するわ。エルシー、塔《とう》よ。塔、こちらがエルシー」

あたりは、しんとしずかになりました。エルシーには、何が起こるのか、見当もつきませんでした。雷鳴《らいめい》がひびきわたる？　大声が聞こえる？　それとも、塔《とう》が背《せ》を曲げて、握手《あくしゅ》を求《もと》めてくる？

そのとき、ドアがしずかに開きました。そっと、音もたてず。

「よかった」

魔女《まじょ》は言いました。

「塔はあんたが気に入ったようよ。さあ、お入り」

4.『ナンデモキイテ』

エルシーは、塔《とう》の中をのぞきこみました。

天井《てんじょう》の低《ひく》いトンネルのような廊下《ろうか》の向こうには、大きな石のらせん階段《かいだん》。上のほうは、影《かげ》のなかに消えています。右手奥《おく》には、かわいい小さなキッチン。大なべがかかった暖炉《だんろ》の前には、ロッキングチェアが一脚《きゃく》。その後ろに、テーブルが一卓《いったく》といすが二脚。奥には、こんろと流し台。乾燥中《かんそうちゅう》のハーブのたばが、いくつもさがり、壁《かべ》ぞいにはたなや、お茶のセットをおさめた戸だな。

大時計が、しずかに時を刻《きざ》んでいます。

(こんなすてきなところで、一週間も、過《す》ごせるなんて!)

エルシーは、幸せなため息をつきました。

ふと見ると、キッチンの一画に作られた止まり木から、大きなカラスがこちらをにらんでいます。

「エルシー。こちら、コルベット」

マゼンタは言いました。

「コルベット、エルシーよ。ごあいさつは?」

カラスは頭を上げ、エルシーをじろりとひとにらみ。二つの目とくちばしでたくみにあざ笑《わら》ってみせると、ふいと後ろをむきました。

「すねてるのよ。あたしといっしょにでかけられないから」

「へえ！　そうかい？　おれの意見はまた別《べつ》だけどな」

止まり木からとつぜん、がらがら声が降《ふ》ってきました。

エルシーは、ぎょっとしました。

「カラスが……口利《き》いた⁉」

「そうよ、こいつは、年がら年じゅう、しゃべりっぱなし」

マゼンタはうなずき、カラスを見上げました。

「あんたは、すねて、むくれてるの！　何にでも、文句《もんく》をつけたがる。そうでしょ、コルベット。そうやって、むくれていれば、あんたの声を聞かずにすむけどねえ」

そして、エルシーに目を移《うつ》すと言いました。

「もちろん、こいつをだまらせる魔法《まほう》は試《ため》したわ。でも塔の魔力のほうが強くてね。この塔には〈いにしえよりのおきて〉があるの」

「『なんじ、カラスを黙《だま》らすことなかれ。カラスには言葉を話す権利《けんり》あり』！」

コルベットが、すかさず、ガラガラ声でさけびます。

エルシーは、目をぱちくりさせました。なんだか壁《かべ》がかすかにゆれたような……。

「こいつはね、塔《とう》を離《はな》れられないの。それも〈いにしえよりのおきて〉のひとつ」

マゼンタの説明《せつめい》を、コルベットが補足《ほそく》しました。

「『カラス飛《と》び去らば、不運《ふうん》きたるべし』だ。忘《わす》れるな。もしおれがいなくなれば、ここに大変《たいへん》な災難《さいなん》が降《ふ》りかかるんだぞ」

壁がまた、かすかにゆれました。

「そらみろ、塔も認《みと》めてるじゃないか」

コルベットは、止まり木の上で、とくいげに胸《むね》を突《つ》き出します。

「いいかげんにおし！　この老《お》いぼれカラス」

マゼンタはわめき、エルシーのほうを見ると、「こいつの言うことは無視《むし》していいからね、エルシー」と言いました。

「だいじょうぶです。わたしたち、仲良《なかよ》くやりますから」

エルシーは、マゼンタに向かってうなずくと、

「へええ。それは、どうかな」

つんと、そっぽを向くコルベットに、

「だって、あなた、新鮮《しんせん》なお水が飲みたいでしょ。でもほら……自分でじゃ口は回せない」

と、にっこり笑《わら》いかかけます。

「クソクソクソ！　ハトにふんでも、落とされろ！」

コルベットは小声で毒《どく》づくと、二枚《まい》のつばさのあいだに頭をつっこみ、寝《ね》たふりを始めました。

「はい、そこまで！」

マゼンタはきびきび言うと、

「中を案内《あんない》する時間はないわ。あとでゆっくり探検《たんけん》してちょうだい。あんたのためのガイドブックを置《お》いてくわ。どこに何があって、どう使えばいいか、とか。いつ、何を、どうすればいいかとか。ま、あんたが困《こま》ったときの参考《さんこう》百科よ」

すぐそばの引き出しを開け、一冊《さつ》のぶ厚《あつ》い本を取り出しました。真っ赤な表紙には、黒くて太い大きな文字で『ナンデモキイテ』と書かれています。マゼンタは本を、とくいげにキッチン・テーブルの上にのせました。

「ゆうべ、徹夜《てつや》で書き上げたのよ。きっと役に立つわ」

そう言うと、壁《かべ》にかかった鍵《かぎ》たばを指さしました。

「それぞれのへやの鍵。外へ出るときと、夜寝《ね》る前には必《かなら》ず、すべてのドアの鍵を確《かく》認《にん》すること。質問《しつもん》は？」

「一つあります」と、エルシーは言いました。

「森を歩いていたら、塔《とう》が、とつぜん現《あらわ》れたんです。あるはずのない場所に、ひょっこりと。どうしてですか？」

「ああ、そのこと。あたしたちはね、ときどき移動《いどう》するの。近所づきあいが、うっとうしくなったり、姿《すがた》をかくしたいと思ったときは」

エルシーは、ちょっと考え、こわごわ聞きました。

「まさか、塔は勝手に動きだしませんよね。たとえば、わたしが眠《ねむ》っている間に」

マゼンタは、首を横にふりました。

「それはないわ。塔《とう》には『しばらく、ここにとどまる』と言ってあるから。ほかに質《しつ》問《もん》は？」

エルシーには、ほかにも聞きたいことが山ほど、ありました。でもマゼンタは、さっきから急いでいます。

それで、「ご近所のかたは？」とだけ、聞くことにしました。

「くるわよ。いい顔すると、すぐ入りこみたがるけどね。なるべく入れないこと。とくにハウラー姉妹は、盗《ぬす》みぐせがあるから」

「はい。ハウラー姉妹はぜったい、入れません」

マゼンタはうなずくとつづけました。

「明日あたり、若《わか》い木こりがまき割《わ》りに来るわ。名前はハンク。もし寒くなったら、裏庭《うらにわ》のトイレの近くにあるまきを使って。ハンクには、いつものとおり、銅貨《どうか》六枚《まい》、払《はら》ってやって。暖炉《だんろ》の上に小銭《こぜに》を入れたつぼがある」

「わかりました」

「それから、シルフィーネ・グリーンマントルと名乗ってる、太めの娘《むすめ》もくるはず。本当はアギー・ウィギンスっていうらしいけど、本人はその名前がきらいらしくてね。森の妖精《ようせい》みたいなかっこうで、ウサギやなんかを引《ひ》っ張《ぱ》って歩いてるの。ひと目でわかるはずよ」

「はい、シルフィーネ・グリーンマントルさん、ですね」

エルシーはうなずき、首をかしげました。

「でもなぜ、森の妖精みたいなかっこうをしているんですか？」

マゼンタは、肩《かた》をすくめ、

「ロマンチックに見えると思ってるのよ、妖精みたいに。会えばわかるわよ。それから、そう！　シルフィーネは、木こりのハンクに熱《ねっ》を上げてる。片思《かたおも》いだけどね。あとはと……あたしの仕事部屋には、どっさり本がある。自由に読んでいいわよ。じゃ、もう行くわ。一週間後にね。もし、あの妹のところで、七日間もがまんできたらの話だけど」

マゼンタは玄関《げんかん》のドアに向かい、旅行かばんを取り上げました。

「楽しいご旅行を」

エルシーが言うと、マゼンタは、真っ赤な手袋《てぶくろ》をした両手をぱんとたたき、

「忘《わす》れてた！　あの犬は、体を洗《あら》うまで、中には入れちゃだめ」

「犬って……どの犬です？」

「茂《しげ》みにかくれている、のら犬よ。あんたが、ソーセージをくれるのを、待ってるんじゃない？　では、すてきな一週間を」

そう言うと、魔女《まじょ》はふいに消えました。

「いったい……どうやって？」

エルシーは思わず空をあおぎました。

木々のこずが、次々とふるえ、

「魔法《まほう》よ～、あたしの魔法～」

エルシーの耳に、かすかな声が聞こえてきました。

5. ハウラー姉妹

「コラ！　出ておいで！　そこにいるのは、わかってるのよ」

エルシーの声に、コラが茂《しげ》みの中から、のそのそ出てきました。体じゅう、どろだらけ。どろの上には、枯葉《かれは》や小枝《こえだ》も、こびりついています。

「そこで待ってなさい。何か食べる物をもってきてあげる」

エルシーがキッチンにかけこむと、とたんに、カラスのコルベットの、冷《つめ》たい声が降《ふ》ってきました。

「冷蔵庫《れいぞうこ》は、流し台の横！　細長いドアが見えるだろ！　あほ」

「ああ、よかった！　やっと口を利《き》いてくれたのね」

エルシーは、心の底《そこ》から言いました。でも、止まり木からは、

「あほ、あほ、あほ！　おまえに、あたふたされるのは、迷惑《めいわく》だからな」

しゃがれ声のにくまれ口が、降ってくるばかり。

冷蔵庫のドアを開けたエルシーは、息をのみました。

(卵《たまご》に、ハムに、チーズにトマト。食パンに、ビスケット、ミルクに、りんご。わたしの好《す》きな物ばっかり！)

そのほか、ケーキも、丸ごと一台。まわりをピンクのリボンで巻《ま》いた、大きなケーキ！

エルシーはボウルに水をみたし、冷蔵庫からビスケットを一枚《まい》出すと、玄関《げんかん》の石段《いしだん》の上に置《お》きました。

「さあ、おあがり。あとでチーズを少し切ってあげるからね」

コラはビスケットをひと口でたいらげ、ボウルの水を、ぺちゃぺちゃなめました。それから、地面にねころんで、毛づくろいを始めました。

エルシーは塔《とう》の中にもどると、冷蔵庫からりんごを一個《こ》出し、つぼのミルクをグラスに注《つ》ぐと、コルベットに呼《よ》びかけました。

「あなたは何がいい？　ビスケット？　パンく

ず？　新しいお水？」

「水はまだいい。それにおれ、自然食派《しぜんしょくは》なんだ。虫だよ。イモ虫、青虫、毛虫！　パンくずなんて、おいしいものを知らない、頭の軽いハトどもの食い物！」

コルベットは、暗い声で言うと、とつぜん怒《いか》りを爆発《ばくはつ》させました。

「わかってるよなあ！　おれたち、ベビーシッターなんか、いらない。おれも塔《とう》も、自分のことは自分でぜんぶできるんだからな」

「ええ、わかってるわ」

エルシーは、やさしい声で言いました。（接客《せっきゃく》マナー六番）

「もちろん、あなたは何でも自分でできるわ。水は別《べつ》だけどね」

「おれは、一人前のカラスだ。それに、かまわれるのが、大っきらいなんだよ！」

エルシーはうなずきました。

「わかるわ。おたがい、じゃましないようにしましょ。わたしだって、のんびりしずかな一週間を過《す》ごしたいんだから」

そして、思い出したように、こう言いました。

「ところで、あなた、この塔を離《はな》れられないんじゃない？」

「遠くへ飛《と》んでいけないってだけだ。この近所とか、短い距離《きょり》なら飛び回れるんだよ。ほかに質問《しつもん》は？」

「今のところは、ないわ。わからないことができたら、ぜんぶ、この本で調べるから、だいじょうぶよ」

エルシーはそう言うと、テーブルの上に置《お》かれた、マゼンタの苦心作『ナンデモキイテ』を指さしました。それからまたテーブルにもどって、りんごをひと口かじり、ミルクをひと口飲みました。

「ふん！　勝手にしろ！　おお！　あいつら、もう、きたぞ」

コルベットが、つばさをばたばたさせました。

「あいつら？　あいつらって、いったい、だれがきたの？」

「ハウラー姉妹だよ。さっさと追い返せ」

とたんに、

「こーんにちは！」

玄関《げんかん》から細くて高い声が聞こえました。

「どなたか、おいでかしら？」

エルシーが玄関へ出ていくと、二人の小柄《こがら》な老婦人《ろうふじん》が笑《え》みをいっぱいにうかべて、立っています。ひとりはブルー、もうひとりはピンクの服で、服と同じ色の日傘《ひがさ》をさし、バスケットをさげています。そのほかは、ちりちりの髪《かみ》も、やさしそうな顔だちも、うりふたつ。

（まるで、絵本に出てくる優《やさ》しい双子《ふたご》のおばあさんみたい！）

エルシーは、すっかりこの二人が気に入りました。ところが、コラの意見はちがうようです。いきなり後ろ足で立つと、白目をむいて、激《はげ》しく吠《ほ》え始めました。

「コラ、しずかに！　あの、何かご用でしょうか？」

エルシーが、あいそよく聞くと、ブルーの服のおばあさんが答えました。

「はじめまして、おじょうちゃん。マゼンタは、いるかしら？」

「すみません、旅行中なんです」

「ああら、そんなこと聞いてなかったわよ。ねえ、アダ？」

「ええ、イービー。ひとことも」

ピンクのドレスのおばあさんが、言いました。

「わたし、留守番《るすばん》のエルシーです」

エルシーは自己紹介《じこしょうかい》しました。

「まあ、そう。あたしたち、マゼンタのお友だちよ。中に入れて」

ピンクの日傘《ひがさ》のアダが、おだやかに聞きました。

エルシーは、もちろん断《ことわ》りました。

「今はちょっと……。わたし、着いたばかりなんです」

アダは日傘をまわし、すかさず言いました。

「長居《ながい》はしないから。ね、おじょうちゃん」

そして、歯をむきだして、吠《ほ》えたてるコラをちらりと見ると、

「その、すてきなわんわん、少しだけ、どこかへやってくれない？」

と、言ったのです。

エルシーも負けてはいません。

「いいえ、犬はどかしません。それに今は、荷物をほどかないと」

「それなら任《まか》せて。あたしたち、荷物をほどくのはとくいなの」

こんどはイービーが、ブルーの日傘を回して、言いました。

ところがそのとき、

「おいおいおい！　なんかが、こげてるぞ！」

キッチンから、コルベットの悲鳴に似《に》た声が聞こえてきたのです。

「すみません。もう行かなくちゃ」

エルシーは、二人のおばあさんに向かって、手をふりました。

「それは残念《ざんねん》ねえ、じゃ、明日なら？」

アダが、くいさがります。

エルシーは、

「明日もちょっと……。せっかくきていただいたのに、すみません」

と、言いました。

「とんでもないのよ！　おじょうちゃん、お気になさらず！」

ハウラー姉妹は声を合わせてさけぶと、ささっと腕《うで》を組み、回れ右をして、エルシーに背中《せなか》を向けました。

エルシーは思わず目を見張《みは》りました。

（あの二人のスカートからつき出している……あれは……何⁉）

6.シルフィーネ

「しっぽよ！　しっぽが！　ゆらゆらゆれてたの！」

エルシーはキッチンにかけこむと、止まり木に向かって、わめきたてました。

「わかったか。あれが、あのやさしそうなばあさんたちの正体さ」

コルベットは、さらりと言いました。

「あの……助けてくれて、ありがとう。コルベット」

エルシーは、おずおずと言いました。

「危機一髪《ききいっぱつ》ってやつだな。もう一歩で、あのばばあどもに押《お》し切られるところだったぞ」

コルベットの声を背《せ》に、エルシーは窓《まど》べに突進《とっしん》しました。ハウラー姉妹の姿《すがた》はもう見えません。

「あの人たち、もう帰ったみたいよ」

「いいや、そのまま、じっと見てろ」

エルシーは言われたとおりに目をこらしました。

するとやがて、ピンクとブルーの服の二人が、裏庭《うらにわ》から出てきたのです。二人は、まきをいっぱいつめたバスケットをかかえ、しっぽをふりながら、あっというまに木々の間に消えました。

「わかったろ？」

止まり木の上から、コルベットが言いました。

「あの二人組は、手ぶらじゃ帰らない。目をつけた物は、必《かなら》ずお持ち帰りにする。ほら耳をすませ」

「何も聞こえないけど……」

「いいから耳をすますんだ。ほら」

遠くから背筋《せすじ》もこおるような吠《ほ》え声《ごえ》が、聞こえてきます。人間の悲鳴そっくりの。

「あの二人の……悲鳴⁉」

「そうだ。戦果《せんか》を祝《いわ》ってるんだよ。あのキツネ姉妹が」

エルシーが、へなへなと、いすにすわりこもうとしたときです、玄関《げんかん》のドアを、そっとノックする音が聞こえました。

「あーあ。ションションション、なさけないい、オオムのおしっこみたいなノック！　あいつだな」

　コルベットは、ため息をつきました。

　エルシーがドアをあけると、大きな丸顔の娘《むすめ》が、申し訳《わけ》なさそうに顔を出しました。太めの体に、ひらひらした緑色の長いドレス。カールした茶色の長い髪《かみ》を肩《かた》までたらし、頭の上には、ひなぎくのティアラ。ピンク色のぽっちゃりした腕《うで》のなかでは、一羽の野ウサギが、助けを求《もと》めて、エルシーを見つめています。

（シルフィーネ・グリーンマントル――本名アギー・ウィギンス――森の妖精《ようせい》みたいなドレス。まちがいないわ！）

　エルシーは、心の中で、うなずきました。

　コラが、野ウサギにちらりと目をやりました。でも、とびかかろうとはしません。あとで、エルシーからチーズをもらえる約束《やくそく》を思い出したのでしょう。だったら、狩《か》りなんかすることないですものね。

「いらっしゃい。何かご用？」

　エルシーは、あいそよく聞きました。

「あのぉ……わたし、シルフィーネ・グリーンマントルです。アギーじゃないわ。マゼンタさん、いませんか？」

「あいにく旅行中で。わたし、留守番《るすばん》のエルシーです」

「あのぉ……あのぉ……きょう、ハンクが、ここにくるんじゃ？」

「ハンクなら、明日くるみたいですよ」

エルシーは言いました。

シルフィーネの顔が、とつぜん、くしゃくしゃになりました。

「ごめんなさい。あのぉ……もしかしたらと思って。でも、いいの。ほら、マフィン！　動いちゃだめだったら」

野ウサギのマフィンは、しきりに足をばたつかせ、なんとか逃《に》げ出そうとします。

エルシーは野ウサギのマフィンをなだめようと、手をのばしました。マフィンは、力まかせにあがき、シルフィーネの腕《うで》からシルフィーネの肩《かた》によじのぼります。とたんに、シルフィーネの、ちりちりの長い髪《かみ》に足をつっこみ、身動きができなくなったのです。シルフィーネの目の上に、ひなぎくのティアラがずり落ち……、シルフィーネは、眼帯《がんたい》をした女海賊《かいぞく》のようになりました。

「ちょっと、じっとしててね。すぐ、自由にしてあげる」

エルシーは野ウサギにやさしく声をかけ、シルフィーネの前に立ちました。もつれた髪の中から野ウサギマフィンの足を救《すく》い出し、シルフィーネのティアラを、元の位《い》置《ち》にもどしました。

「はい、これで、オッケー」

「……ありがとう。で……マゼンタさんは、いつ帰ってくるの？」

「一週間後に」

「一週間も待てないわ！……いいえ、気にしないで」

シルフィーネはエルシーに背《せ》を向け、帰ろうとします。でも、玄関《げんかん》の石段《いしだん》の上で寝《ね》ていた、コラにつまずき……。石段を転がって、あおむけにひっくり返りました。

野ウサギのマフィンは、チャンスとばかりに、茂《しげ》みのなかに逃げこみます。

「マフィン！　ぐすっ！　もどってきてよ！　マフィン！」

シルフィーネは泣《な》きながら、後を追いかけていきました。

「今の、何？　どういうこと？」

エルシーは、キッチンにかけもどると、コルベットに聞きました。

「マゼンタが言ってたろ。シルフィーネは、木こりのハンクに片思《かたおも》いなんだよ」

コルベットは、カアカア、冷《ひ》やかすように鳴くとつづけました。

「それで、マゼンタに、〈縁結《えんむす》びの特効薬《とっこうやく》〉を作ってもらうことにした。でも材料《ざいりょう》がまだ着いてない。しかも、あの薬は、できあがるまで時間がかかるんだよ。歌にもあるだろ？『恋《こい》はあせらず』ってさ」

「すごいわ、コルベット。あなた、何でもよく知ってるのね」

〈接客《せっきゃく》マナー七番『おだてて、買わせろ』〉

「そうだろ」

コルベットは、黒い小さな胸《むね》を張《は》ってみせます。

エルシーは、にっこりほほえむと、キッチンの壁《かべ》から鍵《かぎ》たばをはずし、「ね、わたしに、この塔《とう》を案内《あんない》して」と、やさしい声で言いました。

「でも、もうすぐ昼飯《ひるめし》だし……」

「そんなこと言わずに、お願《ねが》いよ。この塔には、あなたしか知らない場所も、いっぱい、あるんでしょ。わたしに教えて」と、熱心《ねっしん》にたのみこみました。

「ううむ。じゃあ……」

コルベットが、つばさをばたばたさせます。

「ありがと！　あなたって、ほんとに、すてきなカラスね！」

エルシーは、コルベットをもう一度、おだて、

「どこから見せてくれる？　上か

ら？　それとも下から？」
にっこりほほえみました。

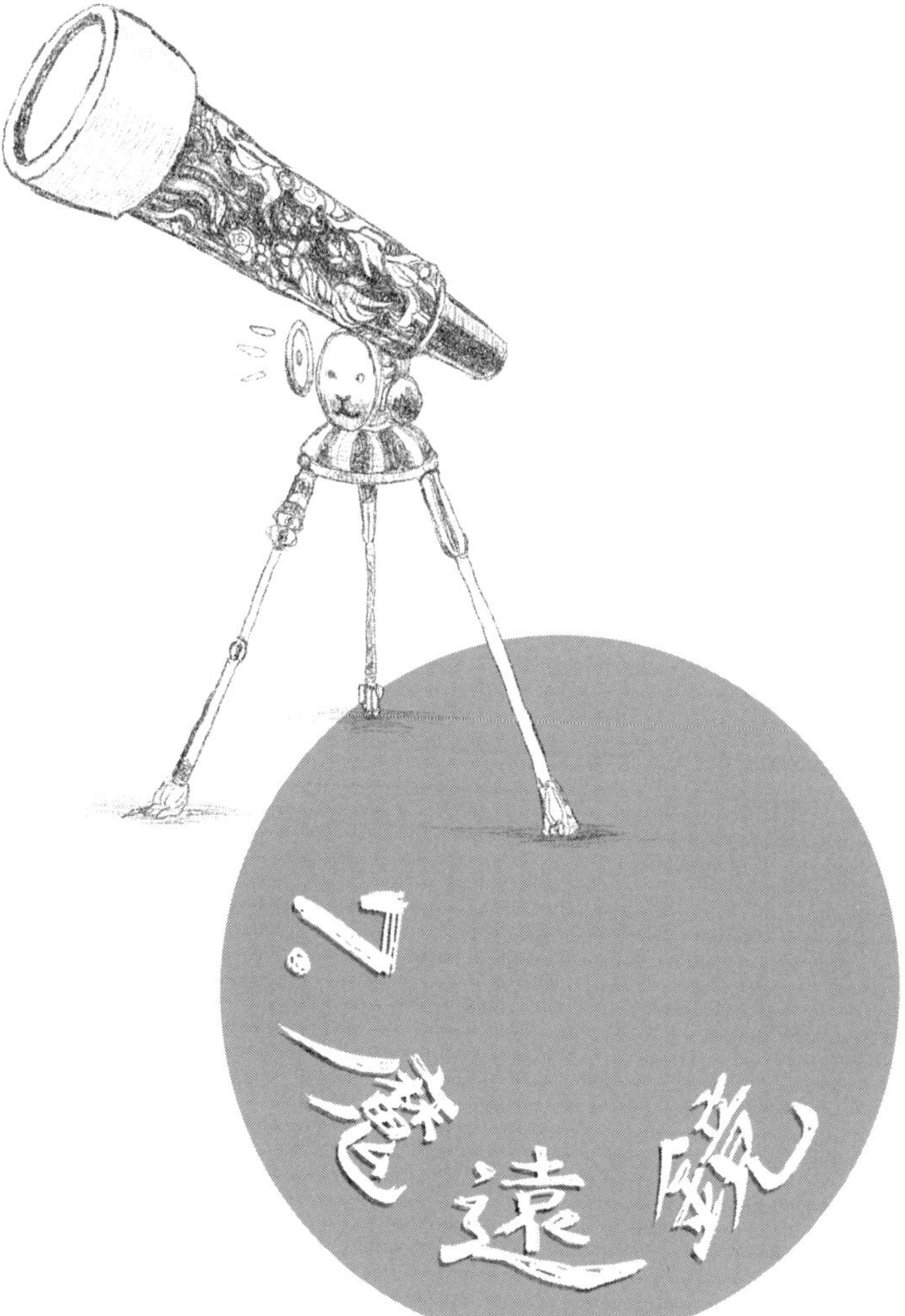
7. 魔遠鏡

二人は、塔《とう》を上から下へ向かって探検《たんけん》することにしました。

らせん階段《かいだん》をどんどん上がって、屋上に出ると、

「うわあ！　すてき」

エルシーが大声をあげました。

目の前に広がるのは、さざめく緑のこずえと、果《は》てしない大空。

屋上のひとすみには、赤い旗《はた》が高々とひるがえっています。

「てすりの前に、三脚《さんきゃく》に乗った望遠鏡《ぼうえんきょう》みたいなものがあるけど……」

「あれはな、〈魔遠鏡《まえんきょう》〉だ」

コルベットが言いました。

「まえんきょう？」

エルシーは、まゆをひそめました。

「そう。一種《いっしゅ》の望遠鏡だが、もっと、すごいことができるんだぞ」

コルベットは、エルシーの肩《かた》の上でふんぞり返りました。

「すごいこと？　ねえ、教えて、教えて！」

「うーむ、じゃ、自分で試《ため》してみるか？」

エルシーの肩を、さっと離《はな》れます。エルシーは大喜《おおよろこ》びで、魔遠鏡のつつを持ち上げレンズに目を当てました。コルベットはやってきた虫をパクリとのみこみました。

「ぺっぺ、まずーい！　で、何が見えた？」

魔遠鏡のつつの端《はし》にとまると聞きました。

「木のこずえと空……」

「わきのほうに、赤いボタンがあるな。それを押《お》すと、魔法《まほう》が始まる。見たい者の名前をつぶやくと、姿《すがた》が見えてくるんだ」

「ああ、これね！」

エルシーは、赤いボタンに指をかけました。とたんに、

「だめだ！　さわるな！　一度押すと、なかなか止まらん。次に進むぞ」

コルベットはわめき、

「しっかし、このあたりの虫どもは……食えんな」

ばさばさ飛《と》んで、屋上のドアをくぐって、塔の中へとびこみます。らせん階段を一

階分おりると、しんちゅうのノブがついた、真っ赤なドアの部屋が現《あらわ》れました。

「マゼンタの仕事部屋だ。中を見て驚《おどろ》くな。赤いリボンのついた鍵《かぎ》」

コルベットは、言いました。鍵をあけて、部屋に一歩入ったエルシーは、息をのみました。

（まるで、ごみ集積所《しゅうせきじょ》か、ガレージセールの会場みたい）

部屋のゆかはダンボール箱だらけ。足の踏《ふ》み場《ば》もありません。部屋の片《かた》すみには、いろんな物が乱雑《らんざつ》に積《つ》み上げられた大きな木のデスクがひとつ。その横に、古い資《し》料《りょう》や帳簿《ちょうぼ》がごたごた積まれた、大きなたな。デスクの上には、ハサミ、梱包《こんぽう》用のひも、かわいたインクつぼ、古い羽ペン、よごれたマグ・カップ。そして、一番上に、ほこりをかぶった水晶《すいしょう》の玉が、あぶなっかしそうに、ゆれています。デスクの前には、横倒《よこだお》しの事務《じむ》いす。すぐそばの壁《かべ》には、何かのラベルの切《き》れ端《はし》や、出荷予定表などが、ごたごた貼《は》られています。

（うちの弟たちだって、これまで散《ち》らかせないでしょ！）

エルシーはため息をついて、部屋の奥《おく》に目を移《うつ》し、（すごい！）と、目を輝《かがや》かせました。壁ぞいに、ずらりと置《お》かれた本だなには、本がいっぱいです！　厚《あつ》いの、薄《うす》いの、大きいの、小さいの。さかさにつっこまれたのや、入りきれずに、ゆかに落ちているのさえあります。

「本、コルベット！　本！　本が、こんなにたくさん！」

「見るのは、あとにしろ！　おれは忙《いそが》しい」

コルベットがいらいらとつばさを動かし、部屋を飛《と》び出します。エルシーは、おとなしくコルベットについて、部屋を出ました。

それから、階段《かいだん》をまた一つ分おりると、

「マゼンタの寝室《しんしつ》だ。紫《むらさき》のリボンの鍵」

コルベットが面倒《めんどう》くさそうに、飾《かざ》り気《け》のない木のドアの前で、告《つ》げました。

「とくに、見るような物もないけどな」

たしかに、そのとおり。中には、灰色《はいいろ》のベッドカバーをかけたベッドが一台と、たんすと、引き出しがあるだけです。あのめちゃくちゃな仕事部屋とは正反対の、そっけないほど清潔《せいけつ》な部屋です。

マゼンタの寝室《しんしつ》のとなりには、ブルーのドアの部屋がありました。

ブルーは、エルシーが一番好《す》きな色。

（ここが、わたしの寝室ね！）

エルシーがブルーのリボンの鍵《かぎ》を手に取ると、

「もうあきたぞ。おまえ、はらへってないのかよ！」

コルベットが、つばさをばたばたさせました。そういえば、きょうは朝から、りんご一かけと、ミルクをひと口しか飲んでいません。エルシーは、

「気がつかなかった！　ごめんね」

コルベットにあやまると、急いで階段《かいだん》を一階までおり、玄関《げんかん》のドアを開けました。

「じゃあな」

コルベットは昼食用の虫をもとめて、飛《と》び去ります。

ドアの前の石段には、犬のコラがねそべっています。

エルシーは冷蔵庫《れいぞうこ》を開け、チーズと厚切《あつぎ》りのパンを二枚《まい》出して、お皿にのせました。ついでにトマトも切って加《くわ》え、テーブルに置《お》きます。同じものを用意すると、もう一枚のお皿にのせて、玄関の石段の前に置きました。

「さあ、おあがり」

コラはむくっと起き上がると、ワンワンワンと吠《ほ》え、夢中《むちゅう》で食べ始めます。

魔女《まじょ》の塔《とう》の食べ物は、すばらしくおいしい物ばかり。

でも、チクタク鳴る時計だけを相手に、ひとりぼっちで食べるのは、何とも、味気ないもの。ピクルス家はせまくて、弟たちはうるさいし、ごちそうが出ることも、めったにありません。それでも、家族で過《す》ごせば、楽しいこともいっぱいなのです。

エルシーは、デザートのケーキを食べ終わると、コラがたいらげたお皿といっしょに洗《あら》いました。コラは、玄関の階段の上で満足《まんぞく》そうに眠《ねむ》っています。コルベットの姿《すがた》はどこにも見当たりません。

エルシーは鍵《かぎ》たばをつかむと、階段《かいだん》をかけ上がり、ブルーのドアの部屋に向かいました。鍵たばの中から、ブルーのリボンが結んである鍵を見つけて、鍵穴《かぎあな》にさしこみます。ドアがゆっくり開くと、エルシーは息をのみました。

(わたしの夢《ゆめ》の部屋!)

天井《てんじょう》と壁《かべ》は薄《うす》いブルー。窓《まど》には濃《こ》いブルーのブラインド。ベッドには、ブルーの地に小さな白い雲の模様《もよう》を散《ち》らしたベッドカバーがかかっていて、ナイト・テーブルの上には、ろうそく立てが一台。濃いブルーの取っ手がついた白い引き出しと、取っ手と同じ色のクッションがおかれたロッキングチェア。そして、本が置《お》かれるのを待っているブルーの、からっぽの本だな。エルシーは部屋に入り、ドアを閉《し》めました。

(これがわたしの部屋! 自分だけの部屋)

ベッドの上のほうには、一枚《まい》の絵がかかっています。エルシーにはすぐ、それが〈ピクルス百貨店《ひゃっかてん》〉の絵だとわかりました。ただし、ウィンドーは破《やぶ》れていないし、ドアはぬり替《か》えられ、かんばんの店名だって、一文字も欠《か》けていません。家族の姿《すがた》はありませんでした。たぶん、みんな中にいて、お昼ごはんを食べているのでしょう。

(わたしも、いっしょに食べたいな)

エルシーはちょっとだけさびしくなって、絵から目を離《はな》しました。

それから、クローゼットをそっと、あけました。

中には、ま新しいコットンのワンピースが二着。一着は白いえりのついた、ブルーのワンピース。もう一着は、ひまわりの花みたいな黄色のです。黄色は、エルシーが二番目に好《す》きな色。サイズも、あつらえたようにぴったりです。クローゼットの下には、新しい皮のブーツが二足並《なら》べてありました。エルシーは、ドレスとくつを、ぜんぶ着てみたくなりました。

でもその前に、ベッドが呼《よ》んでいます。ベッドの上にこしかけ、ベッドカバーをはぎ、古いくつをぬぎすて、ベッドの上に、大の字に寝《ね》ころがりました。

(ああ、まるで雲の上に寝ているみたい!)

ふわふわした枕《まくら》に頭を乗せると、白い清潔《せいけつ》なシーツが足の裏《うら》とすねに心地よくふれてきます。探検《たんけん》は、まだまだ、これから。でも、とにかく、このベッドで、ひと休み。

(ちょっとだけ……ほんの……三分でいいから……)

8. 届いた荷物

スパッ！　スパーン！　スパーン！

エルシーは、何かをたたき切るような音で目を覚ましました。

今は朝。きのうから今まで、ずっと眠《ねむ》りつづけていたのです。こんなによく眠ったのは、生まれて初《はじ》めて。エルシーはすてきなベッドからあわてて飛《と》び起きると、窓《まど》べにかけ寄《よ》り、シャッターを開けました。

窓の下では、大がらな若《わか》い男の人が、せっせとまき割《わ》りをしています。黒いベストと皮の細いズボン、長くのばした黄色い髪《かみ》を後ろでポニーテールにしています。

コラが、両耳をぴんと立て、木片《もくへん》が飛んでこない場所にすわっていました。両耳をぴんとたて、エルシーの顔を見ると、元気にワンと吠《ほ》えました。

「ぐうすか、よく寝《ね》てたなあ。『惰眠《だみん》をむさぼる』って知ってるか？」

下のキッチンから、コルベットの冷《つめ》たい声が聞こえてきます。エルシーはいそいで階段《かいだん》をかけおりました。

「寝る前に、鍵《かぎ》をかけるのを忘《わす》れただろ。まったくなんて留守番《るすばん》なんだよ」

「ごめんなさい。こんなに眠るつもりじゃなかったのよ。でも、ベッドがあんまり寝心地がよくて……」

コルベットはふんとせせら笑《わら》うと、

「おまえが眠りこけてるあいだに、ハウラー姉妹が。またきたぞ」と告《つ》げました。

「ほんとに⁉　で、何を盗《ぬす》んでいったの⁉」

「おまえの犬が吠えて追《お》っ払《ぱら》った。だから裏庭《うらにわ》のトイレのバケツだけですんだぞ」

ふっとため息をつくと、つづけました。

「あの双子《ふたご》のばばあどもは、バケツに目がなくてな。だからマゼンタは、いつも余分《よぶん》なのを用意しているんだ」

エルシーはしゅんとしました。コラのおかげですくわれたものの、留守番初日《しょにち》から、大失敗《だいしっぱい》です。

（コラにはお礼に、とくべつおいしい朝食を作ってあげなくちゃ）

エルシーが、そう、心に決めたとき、

「こんちは！　まき割り終わりました」

裏庭《うらにわ》でまき割《わ》りをしていた若者《わかもの》が、おのをかついで玄関《げんかん》に回ってきました。近くで見ると、びっくりするほど背《せ》が高く、がっしりしています。

「おれ、ハンク。あんた……だれ？」

若者は、おのをおろすと、ぼそっと聞きました。

「わたし、エルシー。留守番《るすばん》よ」

エルシーが、にっこり笑《わら》いかけても、

「ふうん……」

おのを置《お》いて、髪《かみ》ゴムをはずしました。ふさふさした黄色い髪が、肩《かた》までたれ下がります。ハンクは、ポケットからくしと鏡《かがみ》を取り出すと、自慢《じまん》の髪を、気がすむまでとかしました。近くで見ると、あごが張《は》って、目が小さくて、なんだか、冷《つめ》たい感じ。

「ええと、きょうのまき割り代は……？」

ハンクが聞きました。

「ええ、あずかってるわ」

エルシーは、小銭《こぜに》入れのつぼから、銅貨《どうか》六枚《まい》を取り出し、ハンクに差《さ》し出しました。

「どうも……」

ハンクは鏡をもう一度のぞき、満足《まんぞく》げに、にんまりすると、銅貨といっしょにポケットにつっこんで、帰っていきました。

「お疲《つか》れさま」

エルシーが、ドアを閉《し》めかけたとき、茂《しげ》みの向こうに一つの人影《ひとかげ》が現《あらわ》れました。

アギー・ウィギンス、自分では、シルフィーネ・グリーンマントルと名乗っている娘《むすめ》。シルフィーネは、きのうと同じ、緑のドレスに、きょうは、ひなぎくの首飾《くびかざ》り。そして、怒《いか》りに燃《も》えた子ジカを緑色の長いリボンで引《ひ》っ張《ぱ》っています。子ジカは、きのうのウサギと同じように、今にも逃《に》げ出しそうです。

「あのぉ……こんにちは、ハンク。すてきな……髪型《かみがた》ね」

シルフィーネは、恥《は》ずかしそうにハンクに呼《よ》びかけました。

ハンクはシルフィーネに目もくれず、さっさと通り過《す》ぎていきます。シルフィーネは真っ赤になりました。緑のリボンが指から離《はな》れ、子ジカは、チャンスとばかりに、逃げ出します。でもシルフィーネはしょんぼりたたずむばかり。追いかけようともしません。

「シルフィーネ、こっちでお茶飲まない？」

エルシーは、つい気《き》の毒《どく》になって呼《よ》びかけました。とたんに、

「かくご、しとけよ。あいつ、大泣《おおな》きするからな」

コルベットが止まり木から警告《けいこく》を発します。

「だいじょうぶよ。ケーキがあればね！」

エルシーは、のんきにさけび返しました。

十分後、シルフィーネは、魔女《まじょ》の塔《とう》のキッチンで、ケーキとお茶をたいらげながら、なみだながらに、エルシーに訴《うった》えます。

「……だから、わたしはいつも一番いいドレスを着て（グス、グスン）、何時間もかけて、おめかしして、ハンクに声をかけに行くの、でも、彼《かれ》は知らん顔。『すてきな髪型《かみがた》ね』って、ほめても、返事もしない。あたしの気持ちにもなってよね！（グスン）、ああ、（グスン）」

「ねえ、シルフィーネ。あなたが、ハンクを好《す》きなのは、髪型がすてきだから？」

エルシーは、聞きました。

「ちがうわ……でも、そうかも。ううん……わからない！」

シルフィーネは、またわっと泣き出しました。

「じゃ、ケーキをもう一切れ、どう？」

「ほしい！　ちょうだい！」

シルフィーネは、お代わりのケーキをひと口食べると、また泣き出しました。

「ハンクの仲間《なかま》の木こりたちも、いじわるなの。（グス）。わたしが真夜中に、野原ではだしでおどっていたら、ゲタゲタ笑《わら》ったの。（グスグス）。ハウラー姉妹はね、あたしのくつを盗《ぬす》んだばかりか、夜中に、あたしの庭にしのびこんで、小鳥のえさ入れをひっくり返したり、ウサギのおりの戸をあけて逃《に》がしたり……（もぐぱく）」

「ええと、あなたは、野原で、はだしでおどるのね？」

エルシーはシルフィーネの大きな足を見つめて聞きました。

「そうよ。月の光をあびて」

止まり木から、ふんと、あざ笑《わら》うような声が聞こえました。エルシーはコルベットをにらみつけました。

「みんな、ひどいじゃない！　わたしのおどりがそんなにおかしい？（グスン！）」

シルフィーネは、泣《な》きはらした目でエルシーをにらみつけました。

「ううん、そんなことない！　でも、どんなおどり？」

「ただ、心のままに、体を動かすのよ。そのときの気持ちをおどりで表わすの」

「あなたの気持ちって……どんな気持ち？」

エルシーは聞きました。

「みじめな気持ちよ。ハンクに無視《むし》されて……」

「よくわかったわ、お茶のお代わりは？」

「ちょうだい！（グス）。それから……きれいなハンカチ、ある？　これ、もう、ぐしゃぐしゃなの！」

シルフィーネは、大きな音をたてて、自分のハンカチで、はなをかみました。エルシーはポケットからきれいなハンカチを、さっと出して、シルフィーネにわたします。

ピクルス百貨店《ひゃっかてん》の接客《せっきゃく》マナーが、思わぬところで役に立ちました。

「それにね、(グスン)、マゼンタさんはでかけちゃうし。あたしに縁結《えんむす》びの特効薬《とっこうやく》を作ってくれるって、約束《やくそく》したのに。ハンクがあたしを好《す》きになってくれる薬を。そうよね、コルベット？　あんたも、聞いたでしょ」

シルフィーネはわたされたハンカチで、遠慮《えんりょ》なくなみだをふくと、つづけました。

「ま、そうだな」

コルベットは低《ひく》い声でみとめ、

「もしおれの記憶《きおく》が正しければ、マゼンタはこう言ったと思うぞ。『わかった、作ってあげる。あのばかみたいな薬を、あんたに。だから、もう行って！　忙《いそが》しいの！』」

マゼンタとそっくりの声で言い、カアと鳴きました。

「マゼンタさんは、薬の材料《ざいりょう》がとどくのを待っていたのよ。そのうち、急用で出かけることになって……」と、エルシー。

そのとき、玄関《げんかん》で、元気な声がしました。

「こんちは！　荷物です。大きいんだ！　場所、空けて」

制服姿《せいふくすがた》で肩《かた》から袋《ふくろ》を下げたもじゃもじゃ頭の少年が、大きなダンボール箱をかかえて入ってきました。エルシーとシルフィーネはとび上がって、いすをどかしました。

少年は、ダンボール箱を流し台のシンクに入れ、

「よお、コルベットと、アギーもいるね！」

「おはようジョーイ。ハイタッチ！」

コルベットが、止まり木からさっと舞《ま》いおり、ジョーイのてのひらと、かぎ爪《づめ》を合わせます。

「ちょっと！　何度言ったらわかるの！　あたしは、アギーじゃない。シルフィーネよ」

シルフィーネがフォークをもったまま、文句《もんく》を言いました。

「そうだっけね、ごめん、アギー……じゃなかった、シルフィーネ。つい忘《わす》れちゃってさ」

ジョーイは、頭をかくと、

「えーと、君は？」

エルシーに、ほほえみかけました。

「わたし、エルシー。留守番《るすばん》なの」

「そうなんだ！　ぼくは郵便配達《ゆうびんはいたつ》のジョーイ。はじめまして！　じゃ、〈マゼンタ魔《ま》女閣下《じょかっか》〉は留守なんだ」

エルシーは、ジョーイの正直そうな目と、明るい笑顔《えがお》がすっかり気に入りました。

「そうなの。妹さんのところへ、泊《と》まりに行くんですって」

「そりゃまた、ご苦労《くろう》さんだ」

ジョーイは、袋《ふくろ》に手を入れ、手紙のたばをどっさり取り出しました。

「通販《つうはん》で魔法《まほう》を買った人たちからの苦情《くじょう》の手紙。そこの引き出しに入れとくね。うわあ！　うまそうなケーキ！」

「あなたも、どうぞ！」

エルシーはにっこり笑《わら》って、ジョーイの分を切り分け、まだ食べたそうなシルフィーネにも、お代わりをあげました。

ジョーイは苦情の手紙のたばを、いつもの引き出しに入れ、コルベットの止まり木に寄《よ》りかかると、「いただきまーす！」

ケーキをひと口、ほおばり、

「あの包《つつ》みは、すぐ開けたほうがいいと思うよ」

流し台のシンクに入れた箱を指差《ゆびさ》しました。

「うちの郵便局の保管所《ほかんしょ》に、何週間も置《お》きっぱなしだったらしくてさ。ほら、変《へん》な音を立ててる。それに、いちごみたいなにおいの、小さなピンクのハートもぶくぶく出てるし」

シルフィーネが、フォークをもって立ち上がり、「それよ。縁結《えんむす》びの特効薬《とっこうやく》の材《ざい》料《りょう》！　今、開けてもらえる？」と、さけびます。

コルベットがさっそく、箱の上に舞《ま》い降《お》りると、ラベルをたしかめました。

「魔法用品。

開封《かいふう》後は、即《そく》使用のこと」

みんながいっせいに、大きなダンボール箱に注目。箱がぴくりと動き、ふたが、がたがた鳴りだしました。中からしゅーしゅう、ぽんぽんと音も聞こえてきます！

特効薬《とっこうやく》の材料《ざいりょう》が、暗い箱の中はあきあきだと、訴《うった》えているのでしょうか。

「ぼくがあけるよ」

ジョーイがケーキを食べ終わると言いました。

「道具もあるし、慣《な》れてるし。そうだよね、コルベット？」

「ああ、そうだ。こいつに任《まか》せろ」

コルベットが、うけあいました。

ジョーイは、ポケットから小さなナイフを出し、

「あのお、中身は何かな？　知ってる人は？」

と聞きました。

「もし、シルフィーネの言うとおりならばね。それは、縁結《えんむす》びの特効薬の材料よ」

エルシーは、用心深く答えました。

「へえ！　でも、相手はだれなんだい？　アギー」

「あんたに関係《かんけい》ないでしょ！　それに、わたしはアギーじゃないわ。シルフィーネ！」

シルフィーネが、目をつり上げます。

「さあ、やって、ジョーイ」

エルシーは、さいそくしました。

「よおし、みんな、離《はな》れてて」

ジョーイが器用《きよう》にダンボール箱を切り開きます。すると……。

「フーフフフフ」

箱の中から、ぶきみな、ささやき声が聞こえ、つづいて、がさごそ、文句《もんく》のような声が聞こえてきました。

「わあ！　いろんな大きさのびんが、ぎゅうづめ」

ジョーイが大声を上げて、つづけます。

「小さな包《つつ》みと、つぼもいくつか。うわ！」

ハート形の泡《あわ》がふわふわと空中に出てきて、ピンクの雲の中に入っていきました。

今や、魔女《まじょ》の塔《とう》のキッチンは、いちごの香《かお》りでいっぱいです。

「ふたがゆるんで、出てきたんだよ」

ジョーイは、泡立《あわだ》つピンクのかたまりがつまった大きなガラスびんを取り上げ、あわててふたを閉《し》め直しました。

残《のこ》りの材料《ざいりょう》をつぎつぎと取り出し。流し台の上に、並《なら》べます。小さなつぼや、変《か》わった形のびん、小箱がいくつかと、やわらかそうな包《つつ》み……。

エルシーとシルフィーネは二人で一つずつ、ラベルをたしかめていきます。

「〈ばらの雨つゆ〉。〈スイカズラの精《せい》〉。〈月のしずく〉。〈ピクシー・ミックス〉。みんな、なんてロマンチックな名前なの！」

シルフィーネは大感激《かんげき》。

エルシーはピンクの泡がつまったびんを取り上げ、ラベルを読み上げました。

「〈恋《こい》するハート〉」

とたんに、ガラスびんが、エルシーの手の中でぴくりと動きます。

エルシーは、あわててびんを置《お》きました。

「うわ！　生き物みたい！」

シルフィーネが、残ったびんやつぼや箱のラベルをつづけて、読み上げます。

「〈シュガーキャンディ〉？　〈虹《にじ》のかけら〉。〈万能《ばんのう》スパイス〉。それから、〈人魚の夢《ゆめ》〉」

「〈人魚の夢〉!?　どんなの？　見せて」

エルシーはシルフィーネの指先を見つめました。

「このびん、からっぽみたいよ」

「ふん、おまえらには見えないんだな。それともポテトチップスでも入ってると思ってたのかな？」

コルベットが、あきれた声を出しました。

「で、これぜんぶ、どうする？」

ジョーイが、エルシーを見つめました。

「食器《しょっき》だなのあいたところに入れておこうかな」

すると、

「え？　今すぐ、作るんじゃないの？」

シルフィーネが不満《ふまん》そうに、さけびます。

「わたしには無理《むり》よ。魔女《まじょ》じゃないもの」

エルシーは答えました。

「でも、ラベルには『開封後《かいふう》は、即《そく》使用』って書いてあるのよ！」

エルシーは、首を横にふりました。

「わたしはアルバイトの留守番《るすばん》なの。魔法《まほう》は仕事に入っていないわ」

「魔法って、そんなにむずかしいの？　作り方どおりに、やればいいんじゃない？」

シルフィーネも負けません。エルシーはまた、首を横にふりました。

「わたし、作り方なんか、もってないもの」

「いや、待て。そんなことはない」

コルベットが言いました。

「右のたなの一番上、『りっぱな魔女のための、薬の作り方』九十二ページ。縁結《えんむす》びの特効薬《とっこうやく》」

エルシーはついに爆発《ばくはつ》しました。

「ちょっと、コルベット！　あなた、どっちの味方なのよ？　わたし、起きてから自分のことなんか、何もしてないのよ。顔も洗《あら》ってない、荷物はほどいてない、歯もみがいてない。朝ごはんもまだ食べてない。コラにもあげてない。本も開いてない！だれに何と言われようと、魔法なんかに関《かか》わるもんですか。ぜったいに」

9. 縁結びの特効薬

「ええと、〈ばらの雨つゆ〉ね。どのくらい、入れるの？」

エルシーが聞くと、コルベットは答えました。

「ばらの雨つゆとはな、ばらの花にふった雨のしずくのことだ。茶さじに、大もり三ばい！」

キッチンの窓《まど》から、月の光が差《さ》しこんできます。エルシーはちらちら光る大なべをのぞきこみました。コルベットは、小さなテーブルの上で、『りっぱな魔女《まじょ》のための、薬の作り方』と書かれた、厚《あつ》くてぼろぼろの本のページを読み上げています。

（こんなことをする気なんか、なかったのに）

エルシーは心の中で、ため息をつきました。


シルフィーネが泣《な》きながら、魔女の塔《とう》を飛《と》び出したときも、ジョーイが、午後の配《はい》達《たつ》を終えて、もどってきたときも、コルベットが、ダンボールの上を飛び回り、「『すぐに使え』ってことは、ふつう、すぐに使えってことだぜ」と警告《けいこく》したときも、シャワーをあび、トイレに行き、自分とコラのために遅《おそ》めの朝食を用意したときも、ずっと、魔法《まほう》の薬なんか作るものかと、抵抗《ていこう》しつづけてきたのです。

流し台の上に並《なら》べられた〈縁結《えんむす》びの特効薬《とっこうやく》〉の材料《ざいりょう》は、早く使ってと、無言《むごん》の圧《あつ》力《りょく》をかけつづけてきます。

エルシーは、ほかにすることもなくなって、ついにキッチン・テーブルの上の、マゼンタが置《お》いていった『ナンデモキイテ』を開きました。ところが……。

「何よこれ、なあんにも書いてない……」

がっかりして本を閉《と》じました。でも気を取り直し、もう一度、本を開くと、

「親指を置け」

とつぜん、コルベットの声が聞こえました。

「何ですって?」

「ページの上に、親指をしっかり置いて、願《ねが》いを言うんだよ」

エルシーは、おそるおそる、親指をページの上に置き、

「じゃ、ええと……ケーキが、もう、ないんですけど」

と、つぶやきました。

すると、白紙のページにとつぜん、大きな黒い文字が、ずらずら現《あらわ》れたのです。

「食べ物を注文したければ、冷蔵庫《れいぞうこ》のドアを三回ノックすること。塔《とう》がすぐ、望《のぞ》みの品を用意してくれる。最初《さいしょ》に『お願《ねが》いします』、最後に『ありがとう』を忘《わす》れずに」

「すごいわ！　夢《ゆめ》みたい！」

エルシーはさっそく、冷蔵庫のドアの前に行き、三回ノックしました。

「お願いします、塔さん、ケーキをもっといただけますか？」

そう言って、ドアを開けると……。冷蔵庫の中段《ちゅうだん》の真ん中に、大きなケーキが一台。

こんどはさくらんぼがたくさん乗った、チェリー・チョコレートケーキです。

大成功《だいせいこう》！　エルシーのお願いは、ちゃんと聞きとどけられました。

「塔さん、ありがとう」

エルシーがお礼を言うと、かすかな、やさしいゆれが返ってきました。まるで塔が、うなずいたように。

縁結《えんむす》びの特効薬《とっこうやく》の材料《ざいりょう》は、どれもまだ開けられていません、流し台の上に並《なら》んで、かすかな音を立てつづけています。エルシーの気分は、どっと落ち込《こ》みました。まるで、何百万もの、非難《ひなん》がましい視線《しせん》を背中《せなか》に受けているような気分です。

エルシーは、薬の材料の上に、大きなタオルをかけ……。

午後は、ずっと外で過《す》ごすことに決めました。

コラを少しはまともな犬らしくすることにしたのです。

まず、洗面所《せんめんじょ》の引き出しの中にあったくしで、コラのからまった毛を、ていねいにすきます。コルベットも手伝《てつだ》って、くちばしで小枝《こえだ》やどろのかたまりを取りはらいます。コラは、痛《いた》くてつらい、〈毛むしりの苦行〉を、勇《ゆう》かんに乗り切りました。

それがすむと、こんどはお風呂《ふろ》。エルシーは、トイレの横に転がっていた、古い銅《どう》のたらいをもちだしました。火をたいて、なべに六ぱい、お湯をわかします。キッチンから石けんとタオルをもってくると、コラを持ち上げ、たらいの中に、ざぶんと入れました。

コラは、お風呂《ふろ》がすっかり気に入ったようです。たらいの中で、ぱしゃぱしゃ、はしゃぎつづけます。やがてエルシーは、ついにコラをお風呂から出し、きれいなタオルにくるんで、だきあげました。コラは喜《よろこ》んで、エルシーの顔をぺろぺろなめました。

よごれてよれよれだったぼろ犬が、一回のお風呂で、見違《みちが》えるようなハンサムな犬に大変身《だいへんしん》！

それでもコラは、決して、塔《とう》の中に入ろうとしません。洗《あら》いたての両足の上に頭をのせて、玄関《げんかん》の前の石段《いしだん》に、コラのねそべっています。エルシーはコラの

となりにすわり、しばらくコウモリが飛《と》ぶのを見ながら、平和な時間を楽しみました。

コルベットはエルシーの肩《かた》にとまり、フクロウたちをののしったり、つぎつぎと蚊《か》をつかまえて、ぱくぱく、飲みこんでいます。

日が落ちると同時に、二人は塔の中に入りました。

どこからかシューシューという激《はげ》しい音が聞こえてきます。

「わ、大変！　どうしよう……」

縁結《えんむす》びの特効薬《とっこうやく》の材料《ざいりょう》にかけておいたタオルが、ゆかの上に吹《ふ》き飛んでいます。

〈ピクシー・ミックス〉と書かれたびんのふたが飛んで、流しに紫色《むらさきいろ》がかった粉《こな》が降《ふ》り注《そそ》ぎました。ガラスのつぼからは、ピンクのハートが、どんどんふきこぼれています。

「すぐに、とりかかれ。今すぐだ！」

コルベットが、わめきました。

「急げ。材料の成分《せいぶん》が、どんどん不安定《ふあんてい》になってるぞ」

「でも、もう日が落ちたわ、外は真っ暗よ」

「魔法《まほう》は夜にいちばんよく効《き》くんだ。おれも手伝《てつだ》ってやるぞ」

結局、エルシーは、ろうそくがともされたキッチンで、忙《いそが》しく働《はたら》くはめになりました。ぜったい関《かか》わらないとがんばっていた魔法をついに使うことになったのです。

大なべの下では、ばら色の炎《ほのお》が燃《も》えさかり、さっきから、甘《あま》くておいしそうなにおいがただよっています。新しい材料《ざいりょう》が加《くわ》わるたびに、液《えき》の色が変《か》わります。

「まるで虹《にじ》みたい！」

エルシーは、思わずつぶやきました。とたんに、ピンク色の小さなハートが大なべの表面にうき上がり、天井《てんじょう》近くで、おどるように動きだしました。

「次はどれ？　コルベット」

エルシーが聞くと、キッチン・テーブルの上で。コルベットがうきうきと答えました。

「〈月のしずく〉、十てき」

「〈月のしずく〉、十てきね……はい、入れたわよ。〈ばらの雨つゆ〉、〈スイカズラの精《せい》〉ね。〈人魚の夢《ゆめ》〉、〈シュガー・キャンディ〉、〈虹のかけら〉、それから〈万能《ばんのう》スパ

イス〉。空中でおどってる〈恋《こい》するハート〉もね。じゃ、あとは？」

「〈おとめのなみだ〉だ。びんをさがせ」

エルシーは、何本か残《のこ》っている、びんのラベルをたしかめました。

「変《へん》ねえ、どうしても、見つからない……」

コルベットの、くすくす笑《わら》いが聞こえました。

「そんなびんは、初《はじ》めっから、ないんだよ。シルフィーネの、おぞましいなみだを直接《ちょくせつ》入れるんだ、じゃ、これで準備完了《じゅんびかんりょう》！」

ばたばたとはばたき、どこからともなく、シルフィーネが置《お》いていったハンカチをくわえてもどってきました。

「シルフィーネは、そのハンカチで、はなをかんだのよ。〈おとめのなみだ〉じゃなくて、〈おとめのはなみず〉だわ！」

「だけど、なみだもたっぷり、くっついてるだろ」

「はなみずがまじると、薬の効《き》き目《め》が薄《うす》れるんじゃない？」

「知ったことか。おれたちが飲むわけじゃなし」

コルベットは大なべの上まで飛《と》んで、ぐしょぐしょのハンカチを中に落としました。

「よし、これでいい。ほぼ完成《かんせい》だな」

「え？　これだけでいいの？」

エルシーは、思わずたしかめました。

「ああ、そうだ。あとはな、液《えき》がきらきら光ってくるのを待つだけさ。明日、液が冷《ひ》えたらバケツに入れて、流しの下に置《お》く。そして、発酵《はっこう》するまで待つんだ」

「どのくらいの時間？」

「説明書《せつめいが》きによれば、三日間だな」

「うれしい！」

エルシーは思わずおどりだしそうになりました。

これで、縁結《えんむす》びの特効薬《とっこうやく》のことは、丸三日、忘《わす》れていられるのです。ハンクにまき割《わ》り代をはらい、コラをきれいに洗《あら》った。お茶とケーキをみんなにふるまい、シルフィーネに同情《どうじょう》した。塔《とう》に、ケーキをもう一台、注文して、出してもらいました。あとは、お母さんと約束《やくそく》した手紙を書いて、ジョーイに配達《はいたつ》してもらえば、やりかけの仕事は、もうありません。これからまる三日間は、自分のために、時間を使えるのです。

寝室《しんしつ》の本だなは、まだからっぽ。明日はたぶん、だれも、やっかいごとはもちこまないでしょう。そうしたら？

「ベッドにすわって、好《す》きなだけ本が読めるのよ！」

エルシーは、思い切り、のびをしました。

10. すてきな三日間

次の日は、留守番《るすばん》三日目。エルシーは、わくわくしながら、マゼンタの仕事部屋に向かいました。ゆかを占領《せんりょう》しているダンボール箱をよけながら、物が山積《やまづ》みになったデスクを通り過《す》ぎ、壁《かべ》ぎわに並《なら》んだ、本だなのほうへ。

「わあ！　本当に、本がいっぱい！」

エルシーは思わず声を上げました。

外国語の本、むずかしそうな研究書、物語の本、絵本。

どれも古くて、大きさはまちまち。上下さかさまだったり、横向きのもあります。

エルシーは、古いおとぎ話の本に手をのばしかけ、（もっと変《か》わった本はないかな。町の図書館にはぜったいないような本は……）と考えていると、一冊《さつ》の小さな本が、目にとまりました。

『初心者《しょしんしゃ》のための、三つのかんたんな魔法《まほう》』

（だめだめ！　つい、〈縁結《えんむす》びの特効薬《とっこうやく》〉なんか、作ることになっちゃったけどね。これ以上《いじょう》、魔法に関《かか》わるのは、ぜったいだめ！）

エルシーはあわてて、自分に言い聞かせました。でも結局、その小さな本を、本だなからぬきだしたのです。

「赤んぼレベルだ。おまえ、魔法には関わらないって、言ってたんじゃないの？」

いつの間に入ってきたのでしょう。コルベットが本だなの前をばさばさ飛《と》びながら、冷《ひ》やかすように言いました。

「そう、そうよね！　やっぱり、別《べつ》のにする」

でも五分後。エルシーは、その本をもって、自分の部屋へもどっていったのです。

「じゃな！　がんばれよ、おれは、お出かけ」

コルベットは、コラといっしょに散歩《さんぽ》に行ってしまいました。で、エルシーは、ベッドに腰《こし》かけ、本を開きました。

『初心者のための、三つのかんたんな魔法』
第一章は――。

「〈空中に、卵《たまご》を一個《こ》だけ出す魔法〉？」

エルシーは卵《たまご》が大好《だいす》きです。目を輝《かがや》かせて、説明《せつめい》に目を落としました。

でも、書いてあるのは、

「左足を右足の上にかけて、右手の人指し指でひざを指す。それから気持ちをぐっと集中し、たまごを一個《こ》、わたしのひざに！ と、となえる」

（ほんとに、これだけで、いいの？）

書かれたとおりに、足を組んで、右手の人差し指でひざを指し、気持ちをぐっと集中し、じゅもんをとなえました。すると空中に、どこからともなく、茶色の卵が現《あらわ》れ……。エルシーの、組んだ足の真上で、ぴたりと止まったのです。

（うわぁ！ わたしにも、できちゃった！）

エルシーは、なんだか、うれしくなりました。つぎに、じゅもんを変《か》えると、さらに色々なことができると、わかったのです。たとえば、右手の人差し指を、左右にふって、気持ちをぐっと集中し、卵を一個、わたしのひざに。

かたゆで卵よ、出ておいで！


と言えば、かたゆで卵が一個、出てくるのです！

エルシーは何度も繰《く》り返《かえ》して、じゅもんをとなえました。そのたびにゆで卵が空中に現れ、エルシーのベッドの上ではねると、ゆかに落ちて転がります。

今や、ゆかは、ゆで卵だらけ。エルシーはあわてて本のつづきを読み、指を鳴らすと、〈さかさのじゅもん〉をとなえました。


ろえき、よごまた！


となえるたびに、ゆで卵が、どんどん消えていきます。

（もしかして、わたし、魔法《まほう》の才能《さいのう》があるのかな！）

エルシーはなんだかうれしくなると、かたゆで卵《たまご》を、チョコレートケーキ一切れといっしょに食べました。

一人ぽっちのお昼ごはんがすむと、屋上に行って、魔遠鏡《まえんきょう》をのぞくことにしました。最初《さいしょ》の日に、コルベットに聞いたところでは、わきの赤いボタンを押《お》して、望《のぞ》む人の名前を言うと、その人の姿《すがた》が見え、声が聞こえるはずです。エルシーは夕方までずっと、マゼンタのご近所さんたちを観察《かんさつ》することにしました。

まずは魔遠鏡をのぞいて、「ハンク」とつぶやきます。

ハンクがハンモックにゆられながら、髪《かみ》をとかしているのが見えました。ほかの木こりたちは料理《りょうり》をしたり、おのをといだり、おけで、くつ下を洗《あら》ったりしています。

魔遠鏡から聞こえる会話で、ほかの木こりたちは、エド、テッド、フレッド、ジェッド、ネッド、そしてミニミニ・ショーンだとわかりました。みんな若《わか》くて、筋肉《きんにく》りゅうりゅう。でも、とびぬけて大がらなのが、ハンク。一番いばっているのも、ハンクです。あとの六人を、ハンモックの上からさしずして、食べ物や飲み物をもってこさせたり、クッションの具合を直させたりしています。

テントのそばの大木のみきには、〈ハンクの洗髪当番《せんぱつとうばん》〉と書かれた木のふだが、かかっていました。どうやら六人が、日がわりでハンクの洗髪を手伝《てつだ》っているようです。

（ハンクって、いばりん坊《ぼう》で、いやなやつね。シルフィーネは、知ってるのかな？）

エルシーはため息をつき、魔遠鏡に「シルフィーネ」と、伝えました。

シルフィーネは、森の妖精《ようせい》にあこがれています。

（でもどうして、森の妖精は緑色のドレスを着て、月夜にはだしでおどり、おともの動物を連れているなんて、知ったのかしら？　図書館の本には書いてなかったわ）

エルシーがそんなことを考えていると、魔遠鏡に、かやぶき屋根の可愛《かわい》い小屋が映《うつ》りました。家の前の庭には、小鳥のえさ箱や水《みず》あび場、ハリネズミ用の穴《あな》ぐら、少し大きな動物たちのための小さな池。そして、「動物さん、大かんげい」、「シカさんのつのとぎ柱」、「リスさんの禁猟区《きんりょうく》。安心してね」、「キツネさん、ここでお水をどうぞ！」なんて、立てふだが、あちこちに見えます。

（これで、動物たちをつかまえようとしているのね）

エルシーは、まゆをひそめました。

とはいえ、シルフィーネのたくらみはなかなか成功《せいこう》しません。森の動物たちは、シルフィーネが眠《ねむ》っている間や、留守《るす》をねらって、水場を使い、えさを食べると、さっさと逃《に》げていくのです。

エルシーは、シルフィーネのおどりは見ていません。

でも、片思《かたおも》いのつらい気持ちは、じゅうぶん想像《そうぞう》がつきます。

「じゃあ、次は……ハウラー姉妹」

エルシーは魔遠鏡《まえんきょう》に告げました。でも見えるのは、夜空にかかる満月《まんげつ》だけ。

(今は、昼間なのに、なぜ?)

首をかしげても、理由はわかりません。

結局、ハウラー姉妹が、どこでどんな風に暮《く》らしているかは、わからずじまいでした。

「それじゃ最後《さいご》に……ピクルス百貨店《ひゃっかてん》をお願《ねが》い!」

エルシーは、どきどきしながら、たのみました。

とたんに塔《とう》が、ため息のような音をたて、かすかにふるえたのです。次の瞬間《しゅんかん》、魔遠鏡には、木々のこずえと空しか映《うつ》らなくなりました。魔法《まほう》はとつぜん、終わってしまいました。

エルシーは、一階におりると、止まり木にもどっていたコルベットにわけをたずねました。

「そりゃ、〈いにしえよりのおきて〉に反したからだ」

コルベットは、止まり木の上でそっくり返ると、つづけました。

「遠くを見すぎることなかれ。未来《みらい》はなるようにしかならぬなり」

「なんだか、恐《おそ》ろしげなおきてね。でも、そうかも。家で何が起ころうと、こんなに離《はな》れていたら、何もできないもの。ね、塔さん」

エルシーは、塔の返事を待ちました。でも返事はきません。たぶん、魔女の塔は、〈いにしえよりのおきて〉について、あれこれ言われるのが気にくわないのでしょう。

エルシーは、午後のお茶をいただくと、シャワーをあび、コルベットとコラに新鮮《しんせん》な水をあげました。キッチン・テーブルの上の『ナンデモキイテ』を開いて、いくつか質問《しつもん》をしました。

白いページに親指を押《お》しつけて聞くと、黒い文字で。答えがうき上がってくるのです。たとえば……


「ごみはどこに出しますか?」

——裏庭《うらにわ》のトイレの横

「コルベットが、〈いにしえよりのおきて〉で、カラスは体を洗《あら》わなくていいって言うんですけど。それ、ほんと?」

——おいぼれカラスは、うそつきだ。

エルシーが調子に乗って、思わず、

「庭の奥《おく》には妖精《ようせい》がいますか?」

と、聞くと、とたんに、

——おろかな質問《しつもん》は禁止《きんし》。時間のむだ。

きびしい答えが、うき上がってきます。

エルシーはあわてて反省《はんせい》し、最後《さいご》にとても重要《じゅうよう》な質問をしました。

「緊急事態《きんきゅうじたい》が起きたら、どうすればいいですか？」

――マゼンタの仕事部屋の水晶玉《すいしょうだま》で、わたしに連絡《れんらく》せよ。

エルシーは、この答えを、コルベットに読んで聞かせました。

するとコルベットは、首をかしげて言ったのです。

「マゼンタは、おまえに合言葉を教えてったのか？」

「え？　合言葉なんて、聞いてない」

「だったら意味ないぞ。緊急事態が起こったら、おまえは自分でどうにかするしかない。おれがいて、よかっただろう」

「うん、ほんとに！」

エルシーは心からそう言いました。塔《とう》の暮《く》らしに、何ひとつ、不自由《ふじゆう》はありません。でも、あのせまくて騒々《そうぞう》しい我《わ》が家《や》を思わない日はないのです。コルベットは、すぐえらそうな口を利《き》きますが、いっしょにいると、とても楽しいのです。ふだんは虫ばかり食べているけれど、たまには、いっしょにケーキを食べてくれることもあるのです。話し相手がいるのは、本当にいいものだとエルシーは改《あらた》めて思いました。

夕食がすんで、部屋にもどると、ドレッサーにはいつのまにか、ブラシとくつと、髪《かみ》を結《むす》ぶ黄色のリボンが加《くわ》わっていました。黄色い三日月がいっぱいついた、ブルーのナイトガウンと、すてきな手鏡《てかがみ》も！

その晩《ばん》、エルシーは、あのブルーのダンス・シューズをはいて、晴れた丘《おか》の上を、卵《たまご》でお手玉をしながら、スキップしていく夢《ゆめ》を見ました。窓《まど》の外では、森の木々の上を、月がすべるように動き、コラは玄関《げんかん》の階段《かいだん》ですやすや眠《ねむ》っています。

キッチンの流しの下では、縁結《えんむす》びの特効薬《とっこうやく》が、ふつふつと発酵中《はっこうちゅう》。

つぎの朝、エルシーは、マゼンタが用意してくれたワンピースのうちの一着を着ました。サイズはあつらえたように、ぴったりです。新しいブーツもはいてみました。
そして、朝食の後、コラと散歩《さんぽ》に出かけました。塔《とう》のそれぞれの部屋にしっかり鍵《かぎ》をかけ、玄関には二重に鍵をかけました。コルベットは、エルシーの肩《かた》に乗って、ハトたちに憎《にく》まれ口を利いています。

エルシーは、つりがね草をいっぱいつみました。前ほど森が、恐《おそ》ろしくなくなっています。それどころか、しずかで、空気がよくて、花がいっぱいあって、なかなかいいところだと思えるようになったのです。

「お客さんが言ってた〈住めばみやこ〉って、このことかな」

コラが、返事をするように、ワンワンワンと吠《ほ》えました。

散歩から帰って、ランチをすませると、自分の部屋で、『初心者《しょしんしゃ》のための、三つのかんたんな魔法《まほう》』を読みました。まず、卵の魔法をおさらいし、次の魔法に進みます。

『初心者のための、三つのかんたんな魔法』

第二章は――

〈ティー・カップの中で嵐《あらし》を起こす魔法《まほう》〉

エルシーは苦心の末《すえ》、ついに、小さな嵐を起こすことに成功《せいこう》しました！　可愛《かわい》いいなずまが光り、ささやかな雷鳴《らいめい》が聞こえると、とても小さな灰色《はいいろ》の雨雲が、ティー・カップのふちにちょこんと、とまりました。すると、カップの紅茶《こうちゃ》が波立ち、まるでミニチュアの茶色い海のようにうねりだしたのです。本には、角砂糖《かくざとう》を加《くわ》えると、ひょうを降《ふ》らせることもできると書いてありました。

エルシーはつぎに、いよいよ嵐を、外に出すことにしました。

本の説明《せつめい》どおり、両腕《うで》を上げ、指を外に向けて、

上がれ、上がれ、カップを出《い》でよ！

と、となえると……。かすかな音とともに、ティー・カップのお茶が盛《も》り上がり、一本の糸のように空中を登りだします、糸はみるみる縄《なわ》のように太くなり、天井《てんじょう》に

ぶつかると、茶色の液体《えきたい》をじゃあじゃあ降《ふ》らせます。エルシーのベッドはたちまち、ぐしょぬれになりました。いくつもの小さないなずまが集まって、一つの大きないなずまとなって落下し、クローゼットに、みにくい焼《や》け焦《こ》げをつくりました。小さな寝《しん》室《しつ》に、こまくが破《やぶ》れそうな雷鳴《らいめい》がとどろきわたります。キッチンのコルベットまでが、あわてて止まり木から飛《と》びたちました。

（ふう！　家の中でやる実験《じっけん》じゃないわね）

エルシーは、がっくり肩《かた》を落としました。でも結果《けっか》には大満足《だいまんぞく》。エルシーが魔法《まほう》をやめると、ベッドはしみだけ残《のこ》してすっかりかわきました。

「わたし、魔法の才能《さいのう》があると思う？」

キッチンにおりると、コルベットに聞きました。

「もちろんだ。でなけりゃ、マゼンタがおまえを選《えら》ぶかよ！」

コルベットは、めずらしくまじめな口調で答えると、くちばしでせっせと、つばさをひっかき始めました。

「あら、わたし、選ばれたんじゃないわ。たまたま引き受けただけ」

「ふうん……そうか。そうかねえ」

コルベットは、冷《ひ》やかすように言いました。


その日の夕方、コラが外で激《はげ》しく吠《ほ》えました。ハウラー姉妹が、魔女の塔《とう》にまたやってきたのです。

「あつかましくも、またきたな、はげわしばばあども」

コルベットが、つぶやきます。

窓《まど》から見ていると、ブルーとピンクの日傘《ひがさ》をもった、小さな人影《ひとかげ》が、二つ、野原の向こうから近づいてきます。

アダ・ハウラーが日傘をゆらし、

「こんばんは、エルシーちゃん」

「おじゃましていい？　そのわんちゃん、どけてくれる？」

イービー・ハウラーが、ねこなで声で言いました。

「すみません。今、手がはなせないんです」

エルシーは、玄関《げんかん》のドアをばたんと閉《し》めました。一瞬《いっしゅん》後、二つのおそろしい吠《ほ》え声《ごえ》が、黒ぐろとした木々のこずえを渡《わた》っていきました。

「おい、外のトイレからバケツがもう一つ、なくなってるぞ！」

コルベットが、あたふたと飛《と》びこんできます。

そのすぐ後、ジョーイが別《べつ》の苦情《くじょう》の手紙をどっさりもって現《あらわ》れました。ジョーイは、コルベットと、いつものハイタッチを交わし、コルベットの止まり木に寄《よ》りかかりました。

「これで、きょうの配達《はいたつ》は終わり！　調子はどうだい？　エルシー」

「快調《かいちょう》よ」

エルシーは、にっこりほほえみました。

「きょうは、何してたの？」

「本を読んでた。だいたいね。いろんなことを、知ったわ」

「いろんなことって。どんなこと？」

「つまり……じゅもんとか、そういうことよ」

「え？　きみ、魔法《まほう》には関《かか》わらないって、言ってたんじゃないの？」

ジョーイが冷《ひ》やかすように、言いました。

「まあね。つまり……あんまり関わらないって言ったのよ」

「なるほどね」

ジョーイの笑顔《えがお》に負けて、エルシーはとうとう、白状《はくじょう》しました。

「わかったわよ！　わたし、小さな魔法が二つ、できるようになったの。でも、かんたんな魔法。初心者《しょしんしゃ》向けのね」

「それと、例《れい》の特効薬《とっこうやく》も作っただろ？　いいにおいがする」

ジョーイは鼻をくんくんさせると、

「きみの魔法、見たかったたな」

と、残念《ざんねん》そうに言いました。

「ありがと。で、わたしの手紙、うちにとどけてくれた？」

エルシーは、さっと話題を変《か》えました。

「もちろん。ご両親から『店に新しいドアベルを買った。おまえがいなくて、さびしいよ』だってさ」

「わたしもよ」

エルシーは心から言いました。でもきょうは、家を恋《こい》しがるひまもないほど、忙《いそが》しい日だったのです。

その晩《ばん》、エルシーは、小さな嵐《あらし》がひそんだティー・カップを手に、せまくるしいピクルス百貨店《ひゃっかてん》の中を動き回っている夢《ゆめ》を見ました。ティー・カップの中に嵐が起こると、お客さんたちは大喜《よろこ》び。ごほうびの金貨《きんか》が、天井《てんじょう》から雨あられと降《ふ》り注《そそ》ぎました。

流しの下では、縁結《えんむす》びの特効薬《とっこうやく》が、まだ発酵《はっこう》をつづけています。

次の日は留守番《るすばん》五日目、エルシーは、卵《たまご》と嵐の手品が完ぺきにできるようになりました。そこでいよいよ、三つ目の魔法《まほう》に進むことにしました。

『初心者《しょしんしゃ》のための、三つのかんたんな魔法』

第三章は――

〈小さなカエルをいっぱい出す魔法〉

エルシーは、コルベットに声をかけ、キッチン・テーブルの上で魔法を実演《じつえん》して見せました。コルベットが、目をぎらぎらさせ、ものほしげに、カエルたちを見つめています。エルシーはあわてて、カエルたちを一匹残《ぴきのこ》らず、消し去りました。

（だいじょうぶ。いつだって、また出せるから）

エルシーは少しだけ、魔法《まほう》に自信《じしん》がもてるようになりました。

もう教科書は、なくても、へいき。

すべてのじゅもんも指の動かしかたも、すっかり暗記しました。

その晩《ばん》、エルシーは月夜の湖にうかぶ、大きなハスの花の上にすわり、カエルたちの水上バレエを見物する夢《ゆめ》を見ました。あのすてきなダンスシューズをはいて。

(わたしも、いっしょにおどりたいな)と、エルシーは一瞬《いっしゅん》思いました。

でも、だいじなダンスシューズをぬらすわけにはいきません。

(やっぱり見ているだけで、がまんしようっと)

そこで、夢はとぎれました。

流しの下では、縁結《えんむす》びの特効薬《とっこうやく》が、まだ発酵《はっこう》をつづけています……。

ケーキ

「例《れい》の薬、どうなった？　たしかめてみたか？」

コルベットが、聞きました。

きょうは、留守番《るすばん》六日目。エルシーは朝食のゆで卵《たまご》を食べながら、ティー・カップの中で小さな嵐《あらし》を起こしています。緑色の小さなカエルが三匹《びき》、こしょうつぼの後ろから、こわごわ、コルベットを見つめています。

さわやかな五月の風が、キッチンの窓《まど》から吹《ふ》き込《こ》み、少し開けてある玄関《げんかん》のドアから吹き抜《ぬ》けていきます。

「大変《たいへん》！　あれからもう三日、たったのね」

「ああ、そうだ。早く見てみろ」

エルシーは流しの下からバケツを取り出しました。中身は今、ぷるぷるしたピンクのプリンみたいで、はち

みつといろんな花と、いちごのようなにおいがします。

「おっはよう！　きょうは、ぼく、休みなんだ」

ジョーイが、開け放たれた窓から顔を出しました。

「あっ！　甘《あま》くていいにおいがする。あの薬だね！　ちょっとなめてもいい？」

「シルフィーネと恋《こい》に落ちたいならね」

「あいつのはなみずも、なめたきゃな」

エルシーとコルベットが次々と言いました。

「やっぱり、遠慮《えんりょ》しとくよ」

ジョーイはあわてて、のどをおさえ、

「で、アギーは、きみが薬を作ったのを知ってるの？」

エルシーに聞きました。とたんに、

「アギーじゃないわ！　シルフィーネ！　何度言ったら、わかるの」

シルフィーネのいらだたしげな声が、玄関の外から聞こえてきました。いつもの長いちりちり髪《がみ》には、小さなカメが一匹、ひっついて、もがいています。

「こんにちは、シルフィーネ。すてきなカメさんね」

エルシーは、つい思ってもない、おせじを言いました。本当は、カメが大の苦手なのに……。シルフィーネは、おずおずとキッチンに入ってくると、あわれなカメを髪《かみ》からむりやり、むしり取ろうとしました。

「しずかにしてて。今、助けてあげるからね」

エルシーはカメにそっと手をのばし、シルフィーネの髪からじょうずに救《すく》い出すと、ゆかにおろしました。カメはとたんに向きを変《か》え、よちよち、必死《ひっし》で玄関《げんかん》のドアに向かいます。

「……ありがとう」

シルフィーネは小声で言うと、逃《に》げるカメを追いかけようともせずにつづけました。

「カメを連れて、ここを通ったら、いいにおいがして。ねえ、そのバケツ！　もしかして、わたしの縁結《えんむす》びの薬⁉　ありがとう！」

太い腕《うで》で、ぎゅうぎゅう、エルシーをだきしめました。

エルシーはやっとの思いで、シルフィーネから体を引きはなし、

「うぐ……いいのよ……あとは……ハンクに……飲ませるだけ」

と、言いました。とたんに、

「初《はじ》めて知った、今、知った！　アギーはハンクが好《す》きなんだ！」

ジョーイは大声でさけぶと、おどりだします。

「おだまり！　ジョーイ！　わたしは、わたしは……」

シルフィーネは真っ赤になって、腕をふり上げます。


みんなは、そろって、バケツの中をのぞきこみました。

「これが、その特効薬《とっこうやく》かい？　できそこないのプリンみたいだ」

ジョーイがまゆをひそめると、

「こんな、ぶきみなもん、ハンクは飲まないぞ」

コルベットが言うと、ジョーイがぱちんと指を鳴らしました。

「整髪料《せいはつりょう》だって言ったら？　ご自慢《じまん》の髪に使って、って渡《わた》すんだよ」

「いいや。口から入れないとだめだ。説明書《せつめいが》きに書いてある」

「じゃ、アギーがハンクを地面におしたおして、むりやり飲ませる。それしかないね」

「おだまり、ジョーイ。わたしはシルフィーネ！　わたしは真剣《しんけん》！」

シルフィーネは、じだんだ踏《ふ》んで、泣《な》き出しました。

「じゃあ。本を調べてみるわ」

エルシーは言いました。

「どんな本？」

ジョーイとシルフィーネが、エルシーを見つめます。

エルシーはテーブルの上の『ナンデモキイテ』を、指さしました。

「マゼンタさんが、置《お》いていってくれたガイドブックよ。困《こま》ったときには、何でも教えてくれる。じゃ、始めるわね」

最初《さいしょ》のページを開きました。

「でも、真っ白よ。何も書いてない」

シルフィーネが、まゆをひそめます。

「いいから、待ってろ」

コルベットが、止まり木の上から、どなりました。

エルシーは、深呼吸《しんこきゅう》すると、白いページに向かって聞きました。

「ハンクに〈縁結《えんむす》びの特効薬《とっこうやく》〉を飲ませる方法《ほうほう》は？」

すると、ページの真ん中に、ひとつの言葉が、黒ぐろとうかび上がったのです。

ケーキ

「名案《めいあん》だね！　だれだってケーキは、好《す》きだもん」

ジョーイが目を輝《かがや》かせます。

エルシーはうなずき、

「ケーキなら、まかせて。わたし、とくいなの」

てばやく粉《こな》と砂糖《さとう》をはかって、卵《たまご》を割《わ》って……。卵が足りなくなると、覚《おぼ》えた魔法《まほう》で出しました。

「すごおい！　あんた、なんで、そんなことができるの？」

「きみって、ミニ魔女《まじょ》！」

シルフィーネとジョーイが、口々にさけびます。一時間後。まんなかに赤いジャムをはさんだ、黄金色のスポンジ・ケーキができ上がりました。

「でも、薬はどのぐらい入れる？」

ジョーイが言い出しました。

「バケツの中身をぜんぶ？　それとも？」

それは、どこにも書いてありません、『ナンデモキイテ』にも、『りっぱな魔女のための、薬の作り方』にもね。

エルシーはしばらく考えると、

「直感《ちょっかん》だけど、茶さじに三ばい」

シルフィーネに、茶さじをわたし、

「このおさじで、バケツの中を一回かき回してね。願《ねが》いをとなえながら、ケーキに三ばいふりかけて」

と言いました。それから五分後。

エルシー作、縁結《えんむす》びの特効薬《とっこうやく》入りケーキが、ついに、マゼンタのとっておきのお皿に、でんとのることになりました。

「ああ！……ほんとに……ありがとう」

シルフィーネが、声をつまらせます。

「いいのよ」

エルシーは、なんだか、本物の魔女になったような気分で、にっこりしました。

「おいしそうだねえ。ハンクにあげるの、もったいないな」

ジョーイが、うらめしそうにため息をつきます。

「冷蔵庫《れいぞうこ》にアップルパイが残《のこ》ってるわ。いっしょに食べましょ」

エルシーは、ジョーイを誘《さそ》い、

「さあ、あなたは、行くの」

シルフィーネの、がっしりした肩《かた》をたたきました。

「行くって、どこへ？　何をしに」

シルフィーネは、その場に固《かた》まってしまいました。

「木こり小屋へ。ハンクにケーキをとどけに」

「今すぐ！　さあ行って」

ジョーイとエルシーが、次々にさけびます。

シルフィーネは、まっさおになりました。

「でも……でもわたし、何て言えばいいの？」

「『こんにちは、ハンク、ケーキをもってきたわ』って言うの！」

「『こんにちは、ハンク、すてきな髪型《かみがた》ね』じゃ、だめ？」

シルフィーネは訴《うった》えました。

「だめ、だめ、ハンクに無視《むし》される！」

みんながいっせいにさけび、首を横にふります。

「まず、ハンクにケーキをひと口、食べさせるの。その後なら、何の話をしてもいいわよ、ハンクはぜったい聞いてくれるから」

エルシーは言い聞かせました。

「それじゃ、あの……いっしょにきてくれない？」

シルフィーネは、すがりつくような目でエルシーを見つめました。

「だめ。あなた、ひとりで行くの。それがきまり」

「でも、うまくいかなかったら？」

「だいじょうぶ。みんなで、待ってるから、がんばって」

「……わかったわ。やってみる」

シルフィーネは、とぼとぼと歩きだしました。

「結婚式《けっこんしき》には行ってやるぞ！　がんばれ、アギー！　じゃなかった、シルフィーネ！」

コルベットが、景気《けいき》よくわめきます。

ところが、シルフィーネが木々のあいだに消えたとたん、

「あいつ、きっと、しくじるぞ。そういう予感がする」

コルベットがつぶやきました。

「ケーキを落とすとか？　いつも、すそふんで、ころぶんだよね」

ジョーイも、陰気《いんき》な声で、つづけます。

「だいじょうぶよ、シルフィーネには、わたしたちがついてるもの」

エルシーは明るく言いました。でも心の中は、不安《ふあん》でいっぱいだったのです。

まず、ケーキにふりかけた特効薬《とっこうやく》の量《りょう》のこと。正しい量は、どこにも書いてありませんでした。直感《ちょっかん》に自信《じしん》がありますが、少なすぎれば効《き》かないし、多すぎたらどんなことが起こるかわかりません。

次に、ハンクが、わざとケーキをひっくり返すかもしれません。うぬぼれやで気取りやのハンクは、シルフィーネにいじわるをするのが、大好《だいす》きなのです。

ジョーイが頭をかき、

「みんなで、ハエになって、のぞきに行けたらいいのにな。小鳥でもいいな。そういう魔法《まほう》はできないの？　エルシー」

と聞きました。

エルシーは、首を横にふりました。

「わたしにできるのは、卵《たまご》の魔法と、カエルの魔法、それからティー・カップの中で嵐《あらし》を起こす魔法だけなの」

すると、

「おれは鳥だぜ。今からひとっ飛《と》びして、見てくるよ」

コルベットが、今にも止まり木から飛び立とうとし、

「いや待てよ」

頭の上で、つばさを合わせて、さけびました。

「わざわざ行く必要《ひつよう》もないか。ここには〈魔遠鏡《まえんきょう》〉があるぞ！」

「そうよね！」

エルシーは飛び上がり、ジョーイとコルベットといっしょに、塔《とう》の階段《かいだん》に突進《とっしん》しました。そのとき、コラが茂《しげ》みの中からひょっこり顔を出しました。でも、それに気づいた人は、一人もいません。コラはのびをし、くんくんと空気のにおいをかぎ、足早に木々の中に消えました。

12. 木こりの小屋

〈おいでおいでの森〉にくわしい人なら、木こり小屋の場所はすぐわかります。しかも、小屋の横の細道には、こんな表札《ひょうさつ》まで立っていますよ。

木こり小屋の前には原っぱがあり、真ん中で、火がたかれていました。たき火の上には、深なべがかかり、シチューがくつくつ煮《に》えています。なべの横には、六丁のおのが刺《さ》さった、大きな切《き》り株《かぶ》。

ハンクのハンモックは今、からっぽ。

木こり小屋は、かたむきかけた掘《ほ》っ立《た》て小屋で、二部屋しかありません。広いほうはハンクのもの。あとの五人は野宿をし、雨のときだけ、小さいへやに、折《お》り重なるようにして寝《ね》るのです。

六人の木こりの名前は？　そうそう、エド、テッド、ネッド、フレッド、ジェッドと、ミニミニ・ショーン。みんなでたき火を囲《かこ》み、大声で歌っています。


♪幸せなら木をきろう、（コン、スパッ！）

♪幸せなら木をきろう、（スパッ、スコーン！）

♪幸せならみんなで木をきろう、（スパッ、スパーン！）

♪ほら、みんなで木を……


とつぜん歌声が止まりました。

「おんやあ？　原っぱの、入り口に、だれか、立ってるぞ」

「ん？　ありゃ、アギー・ウィギンスじゃねえか？」

「何だ、それ？　アギー。もしかして、ケーキかい？」

「おれらに、くれるのかよお？」

六人の木こりが、次々に声をかけました。

「わたしはシルフィーネよ。アギーじゃないわ」

シルフィーネは、ふるえる声で言い返し、「ハンクにケーキをとどけにきたの」と、つづけました。

六人の木こりが、ゆっくり立ち上がります。

「ハンクは留守《るす》だぜ。町の美容院《びよういん》に行ってんだあ」

「ケーキなら、おれたちが、あずかってやるよ」

エドとテッドの声を合図に、全員が近づいてきます。

「いいの。自分でわたすから」

シルフィーネは、せいいっぱい大きな声で言いました。

「なぜだよ、アギー。おれたちが信用《しんよう》できないってか?」

エドが低《ひく》い声で言うと、ばかでかい手を、つきだしました。

シルフィーネも大柄《おおがら》ですが、エドとは比《くら》べ物になりません。

「さあ、よこせ!」

「いやよ!」

シルフィーネは、ふるえながら、あとずさりを始めます。

「なんだと？」

エドがわめいて、太い腕《うで》をふり上げました。

そのとき、思いがけないことが起こりました。

低いうなり声とともに、すぐそばのいばらの茂《しげ》みから、何かが弾丸《だんがん》のように飛《と》び出してきたのです！　毛むくじゃらの何ものか――コラです！（エルシーの友だちが危《あぶ》ない！　ウウワン！　救《すく》うんだ！）

コラは歯をむき、全身の毛をさかだて、勇《ゆう》かんにも、エドに向かっていきます。

とつぜん現《あらわ》れたコラに、あわてふためいたのは、木こりたちだけではありません。シルフィーネは、森じゅうにひびきわたるような悲鳴を上げ、思わず、しりもちをつきかけました。

とたんに、長いドレスのすそが、くつのかかとにひっかかりました。

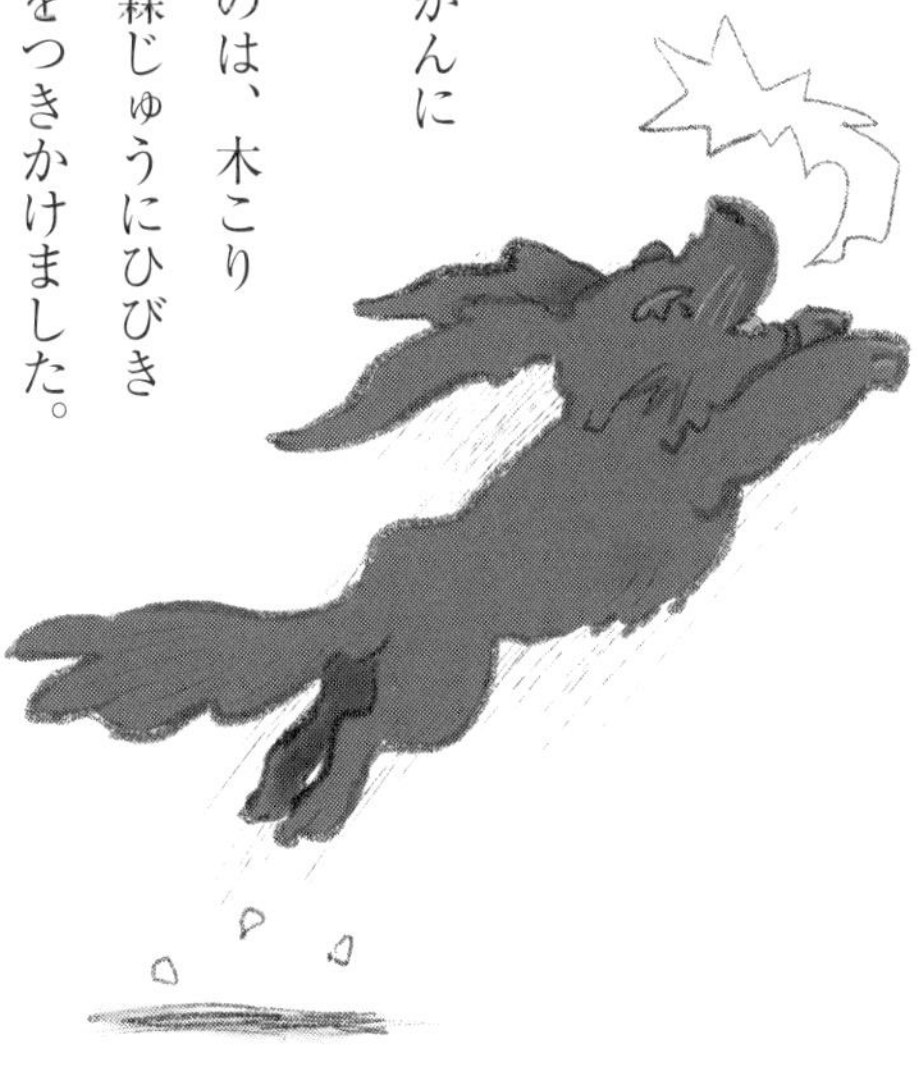

だいじなケーキはシルフィーネの両手を離《はな》れ、地面に落ちて、みじめに、べちゃっとつぶれました。

六人の木こりは、よだれをたらしながら迫《せま》ってくるコラにおそれをなし、じりじりと、あとずさりを始めます。

シルフィーネは、マゼンタのとっておきのお皿の破片《はへん》と、落ち葉にまみれた、みじめなケーキを、ぼう然《ぜん》と見おろしました。そして、

「あんたたちのせいよ、うわあああああん！」

ものすごい声で泣《な》きながら、森の中にかけ込《こ》みました。

魔女《まじょ》の塔《とう》では、エルシーたちが肩《かた》を落とし、ぞろぞろと、屋上からおりてきます。

「言っただろ。あいつは、しくじるって」

コルベットが言うと、

「どちみち、シルフィーネは、やつらにケーキを取り上げられたさ」

ジョーイはため息をつくと、つづけました。

「あいつら、本当に根性《こんじょう》わるいからね。どっちにしろ、後始末《あとしまつ》は、ぼくたちに回っ

てくるわけだ。あーあ！」

エルシーはうなずき、

「ともかく、今は、ここを片《かた》づけなくちゃ」

ケーキづくりでよごれたキッチンを、見わたしました。

「ぼくたちも、いっしょにやるよ。なあ、コルベット？」

ジョーイはそう言うと、縁結《えんむす》びの特効薬《とっこうやく》の残《のこ》りが入ったバケツをもちあげました。

「ぼく、これを外に置《お》いてくる。コルベットも何か手伝《てつだ》えるよね」

「ああ……まあな」

コルベットは、しぶしぶ、エルシーが洗《あら》ったふきんをくわえて、ふきんかけに干《ほ》しました。

片づけが終わると、三人はキッチン・テーブルにつきました。エルシーたちは、全員へとへとです。大きなアップルパイを見ても、だれも手をだそうとしません。

そのとき、ドアをたたく音につづいて、はでにはなをかむ音が聞こえました。

「シルフィーネよ。帰ってきたわ」

エルシーは言いました。

「二人とも、ひどいこと言わないであげて。それから、アギーだの、アンダラダーって、呼《よ》んじゃだめよ」

ドアをあけると、シルフィーネがしょんぼり立っていました。

「ぜんぜん、だめだったわ！　う、う、う……」

シルフィーネは、しゃくりあげました。

「かわいそうに。きれいなハンカチ、あるわよ」

と、エルシーは、言いました。

〈ピクルス百貨店《ひゃっかてん》の接客《せっきゃく》マナー九番〉は、『きれいなハンカチ用意して』

エルシーは、お父さんがいつも、口ぐせのように、「泣《な》き出す客には、これが一番！」と言っていたのを、また思い出したのです。

「ハンクはいなくて……」

シルフィーネは、エルシーから受け取ったハンカチで、なみだをぬぐうと、つづけました。

「ほかの木こりたちが、あたしからむりやり、ケーキを取り上げようとしたの。そしたら、あんたの犬が急に飛《と》び出してきて！　わたし、あわてたひょうしに、ケーキを落としちゃったの！」

「そうね、あたしたちにも、見えたわ」

エルシーは、やさしく言いました。

「見えた？　何が？　どうやって？」

真っ赤な目を丸くするシルフィーネに、エルシーは、

「この塔《とう》の屋上に、魔法《まほう》の望遠鏡《ぼうえんきょう》があるのよ、わたしたちそれで見たの。ほら、お茶にしましょ。元気をだして」

洗《あら》いたてのハンカチをわたすと、言いました。

「気の毒《どく》だったたね、アギー……じゃなかった、シルフィーネ」

「落ち着け、アギー、アップルティーでも飲め」

ジョーイとコルベットがなぐさめると、

「あ！　パイがある。あのお、少しだけもらえる？」

シルフィーネは、とつぜん目を輝《かがや》かせました。

「ええ、もちろん」

エルシーは、自信《じしん》まんまんでほほえむと、ジョーイに、

「お願《ねが》い！　やかんを火にかけて」

とたのみ、ドッグビスケットを一枚《まい》もって、ドアに向かいました。

「コラ！　いないの？　コラ？」

コラが茂《しげ》みから、なんとも言えない表情《ひょうじょう》で、出てきました。

コラは、迷《まよ》っていたのです。

自分は正しいことをしたはずなのに、エルシーの、太めでちりちり髪《がみ》の友だちは、喜《よろこ》ぶどころか、ぎゃあぎゃあ泣《な》きわめいて逃《に》げていったのは？

（やっぱり、まちがったこと、したのかな？　わるいことを……）と言いたげに、しょんぼり、こちらへ歩いてきます。

エルシーは、コラの頭をなで、

「いいコね。よくやった。はい、ごほうび」

ドッグビスケットを、そっと、階段《かいだん》の上に置《お》きました。

でもコラは、ビスケットには目もくれません。両耳を立てて、体じゅうの毛をさかだて、さっと後ろを向くと、うなりだしました。

次の瞬間《しゅんかん》、エド、テッド、ネッド、フレッド、ジェッドと、ミニミニ・ショーンが木々の間から出てきます。コラは、いっそう激《はげ》しく吠《ほ》えはじめました。

「もう、いいわよ、コラ。ここからは、わたしがやるからね」

エルシーはささやくと、

「何かご用ですかあ?」

声を高め、にこやかにさけびました。なにしろ、〈ピクルス百貨店《ひゃっかてん》の接客《せっきゃく》マナー一番〉は『いつもにこにこ、あいそよく』ですからね。すると、

「おれらぁ、シルフィーネに、会いにきたんだぁ」

エドがわめきます。エルシーは笑顔《えがお》をくずさず、さけび返しました。

「シルフィーネは、あなたたちに、会いたがっていませんよぉ!」

「でも、おれらぁ、シルフィーネを、夕食に招待《しょうたい》しにきたんだぜぃ！」

「今夜はブラウン・シチューだ。肉もたっぷり。うまいぜぃ！」

「一番いいところをやるよぉ！　皿洗《あら》いは、おれたちがやるしぃ！」

「シルフィーネに言ってくれぇ！『あんたはきれいだ』って！」

「うちのばあちゃんのぉ、だいじな花びんみたいにぃ、きれいだってなぁ！」

テッド、ネッド、フレッド、ジェッド、ミニミニ・ショーンがつぎつぎにさけび、

「おれらの女神だ、シルフィーネ！」

六人の木こりが全員、声を合わせてわめきました。

「あいつらを寄《よ》せつけないで。でも、かみついちゃだめよ」

コラにささやくと、ドアをしっかり閉《し》めました。

「どうしたんだい？　外にだれかいるの？」

ジョーイが、ポットにお茶の葉を入れながら聞きました。

「木こりたちが、やってきた」

エルシーは、まゆをひそめました。

「まずいことに、ケーキを食べたみたいなの」

「ははあ、〈ねじれ現象《げんしょう》〉だな。魔法《まほう》じゃ、ときにある」

コルベットが、止まり木の上で、黒い頭をふりたてました。

「でも（もぐもぐ）、ケーキは、地面に落ちたのよ（もぐ）！」

シルフィーネが。お皿についたパイくずをこそげ取りながら、首を横にふります。

「どろだらけのケーキを（もぐ）、どうやって食べるの！（もぐもぐ）」

「拾って食べたのよ、あこがれのシルフィーネを、ぜひ、夕食に招待《しょうたい》したいって。ブラウン・シチューをごちそうしたいって！」

「でもわたし、ブラウン・シチューは、いらない。アップルパイのほうが好《す》き。もう少し、いい？　生クリームも！」

外ではまた、歌声が上がりました。

「♪シルフィーネ　♪シルフィーネ」

「知らん顔してなさいよ。もうすぐ帰るから」

エルシーは、ささやきました。

「もうすぐって……いつ？」

ジョーイが、ささやき返します。

「それは、その……。薬がぜんぶ、体から出ちゃったら！」

エルシーは答えました。

「じゃ、明日の朝かな、運がよけりゃ」

ジョーイは、肩《かた》をすぼめました。

「♪シルフィーネー！　♪シルフィーネー。おさそいするぜ、夕食に～」

木こりたちがまた歌いだしました。

するとそのとき、

「さあさあ、どいて、お若《わか》い人たち。あたしたちはね、シルフィーネを迎《むか》えにきたの、ねえ、イービー？」

アダ・ハウラーのかん高い声が聞こえました。

「そうよ。きゅうりのサンドイッチとジャムも三種類《しゅるい》、用意したんですよ」

とたんに、コラの激《はげ》しい吠《ほ》え声が聞こえました。

別《べつ》の敵《てき》の出現《しゅつげん》を知らせる吠《ほ》え声。

エルシーとジョーイは、思わず顔を見合わせました。

「ねえ、ジョーイ。薬が入ったバケツは、どこへ置《お》いてくれた？」

「裏庭《うらにわ》のトイレの裏に、かくして置いたけど……」

ジョーイは、エルシーを見つめ、

「なんで、そんなこと？　まさか、もしかして」

エルシーは、ジョーイを見つめ返しました。

「ハウラー姉妹は、バケツを見たら、盗《ぬす》まずにはいられないの！」

エルシーは言いました。

外では、木こりたちがまだ、歌っています。

「♪シルフィーネ！　おれらのあこがれ、シルフィーネ！」

「あたしたちはあんたを、養女《ようじょ》にしたいのよ」

アダ・ハウラーの、細い声につづいて、

――ウウ、ワンワンワンワンワンワンワン！

コラの吠え声がどんどん、大きくなっていきます。

「ほんと、騒々《そうぞう》しいわねえ！」

シルフィーネが、クリームをさがしながら、つぶやきました。

「もう、たくさん。こんな騒《さわ》ぎは、終わりにしなくちゃ」

エルシーは、きっぱりと言いました。

「お客は神さま。でも、閉店時間《へいてん》は守ってもらわないと。

行くわよ、コルベット、頼《たよ》りにしてるからね」

13. 魔法の力

エルシーは、コルベットを肩《かた》に乗せ、玄関《げんかん》のドアを開けました。コラが吠《ほ》えるのをやめ、エルシーのために場所をあけます。木こりたちとハウラー姉妹が、いっせいにエルシーを見つめました。

「いいですか？　みなさん、よく考えて」

エルシーは、深呼吸《しんこきゅう》をすると、始めました。

「みなさんは本当に、シルフィーネが好《す》きなんですか？」

「もちろんだぁ！」

六人の木こりたちが、声をそろえて答えると、

「あたしたちも、同じですよー！」

「シルフィーネを養女《ようじょ》にしたいほど愛《あい》しているのー！」

ハウラー姉妹がさけびます。

「それって、ほんと？」

エルシーは、大声でさけび返しました。

「シルフィーネのくつを盗《ぬす》んだり、庭を荒《あ》らしてるのに？」

「まさか！　あたしたちが、なぜ、そんなひどいことを⁉」

ハウラー姉妹は目を丸くして、顔を見合わせます。

「いいから、よく聞いてください」

エルシーは、ハウラー姉妹と木こりたちを見つめました。

「みなさんは今、普通《ふつう》じゃなくなってるんです。縁結《えんむす》びの特効薬《とっこうやく》のせいで。もしかして、ここの庭の裏《うら》に置《お》いてあった、バケツの中身をなめませんでしたか？　できそこないのプリンみたいな、ピンクの液《えき》を。それが、縁結びの特効薬です。さもなければ、地面に落ちたケーキを食べた人は？　あのケーキにも縁結びの特効薬が、しみこんでいるんです」

「もうやめて！（もぐ）　わたしが（もぐもぐ）説明《せつめい》するわ！」

シルフィーネがアップルパイをほおばったまま出てきて、エルシーを押《お》しのけました。

「おお！　おれたちのシルフィーネ！」

「ああ！　あたしたちの、可愛《かわい》い、シルフィーネ」

六人の木こりとハウラー姉妹が、目をきらきらさせます。

「もう、やめて！　あの薬はねえ、ハンクに飲ませるために、つくってもらったの。わたしを好《す》きになってもらうために。でも、ハンクの口にだけは入らなかったのよ！」

外のみんなが一瞬《いっしゅん》、目をぱちくりさせます。

そのとき、ジョーイがエルシーの後ろから顔を出しました。

「ぼくは一滴《てき》も飲んでないよ！　はなみず、入っていたしね」

外が一瞬、しずかになりました。

「みなさん、これで、わかってもらえましたね、あの薬はハンクに飲ませるためにつくったんです。みなさんのためじゃありません。薬の効果《こうか》は、時間がたてば、必《かなら》ず消えます。今はおうちに帰って……」

エルシーはそこまで言うと、はっとしました。

もうだれも、エルシーの言うことを聞いていません。

夢《ゆめ》見るような目で塔《とう》の玄関《げんかん》をみつめ、

「♪シルフィーネ、♪シルフィーネ」

と歌いだしました。そのとき、

「おい！　だれか、おれの名前を呼《よ》んだか？」

木こりたちの後ろから、大柄《おおがら》な人影《ひとかげ》がぬっと現《あらわ》れました。ハンクです。

（うわ！　なんて髪型《かみがた》⁉）

エルシーは、思わず目をぱちくりさせました。

いつもの美容師《びようし》が、むりやり新しい髪型を試《ため》したくなったのか、それとも、急にいじわるをしたくなったのか。

頭のてっぺんは丸く剃《そ》られ。長すぎる前髪が、目の上におおいかぶさり、横は耳がぜんぶ出るほど短かく切られて、太い首にポニーテールが、ヘビのようにまとわりついています。奇抜《きばつ》で異様《いよう》で、一度見たら一生、悪夢《あくむ》に出てきそうな髪型。

美容師は、とくい顔で

「どうです？　かっこいいでしょ！　流行《はや》りますよ」と言いました。

でもこれは、どこから見ても〈大失敗作《だいしっぱいさく》〉。

ハンクは、丸はげにされた頭のてっぺんに、こわごわ手をやり、

「おい！　おまえら、どうしたんだよ！　しっかりしろ！」

夢《ゆめ》うつつで歌いつづける、エド、テッド、ネッド、フレッド、ジェッド、ミニミニ・ショーンをどやしつけました。

正気にもどった六人は、あんぐり口をあけて、ハンクの髪型《かみがた》を見つめると、ひいひいげたげた、おなかを抱《かか》えて笑《わら》い出しました。

騒々《そうぞう》しい笑い声に、ハウラー姉妹が歌いやめます。

二人は、いやな物でも見るような目でハンクの髪型を指さし、手で口をかくしながら、ひそひそ話を始めます。

シルフィーネは、太い腕《うで》を組むと、首を横にふりました。

「ああ、わたしったら、何、考えてたのかしら！　まったく、ほんとに……ぞっとするような髪型！」

エルシーがため息をつき、ハンクに、

「だから、きょうは、もう帰って……」

いらいらと、言いかけたとたん、

「おれらは、ぜったい、帰らねえぞ！」

「せっかく、シルフィーネを、夕食に招待《しょうたい》したのによぉ！」

薬がまた効《き》いてきたのでしょう。エドとテッドが目をつりあげてさけびだしたのです。

ハンクは目を丸くして、聞き返しました。

「はあ？　なんで、アギーなんか招待したんだよ？」

とたんに、

「だまれよ、このへんてこ髪男！」

「おれらのシルフィーネを、そんな名前で呼《よ》ぶんじゃねえ！」

「〈シルフィーネ〉だぞお！」

フレッド、ジェッド、ミニミニ・ショーンが腕《うで》をふり上げ、ハンクにとびかかろうとします。

「暴力《ぼうりょく》はいけませんよ、あんたがた」

アダがピンクの日傘《ひがさ》をふり上げると、ハンクの頭をつきました。

「さあ、シルフィーネ。あたしたちといっしょに帰りましょ。ここはあんたのようなレディがいるべき場所じゃありません」

「♪シルフィーネ！　♪シルフィーネ！」

六人の木こりたちの夢《ゆめ》見るような歌声とハウラー姉妹の金切り声に、コラの吠《ほ》え声が重なります。

エルシーは、またまた、ため息をつきました。

「ねえ、どうすればいい？」

エルシーはコルベットに聞きました。

「魔法《まほう》だよ、魔法を使え！　覚《おぼ》えたてのなあ！」

コルベットが、エルシーの肩《かた》の上でさけびます。

エルシーは、大きく息を吸《す》い込《こ》みました。

「わかった。じゃ、卵《たまご》の魔法をやるわ。だれかいすもってきて‼」

エルシーは玄関先《げんかんさき》で、いすにすわり、足を組むと、しずかにじゅもんをとなえます。

ひざの上にゆで卵が一つ、また一つと現《あらわ》れます。

無数《むすう》のゆで卵が、外にいる人々の頭や肩にぶつかり、地面に落ちて転がりだしました。ハウラー姉妹は悲鳴をあげて日傘をかざし、木こりたちは、両手で頭をかばいながら、木々の下へ逃《に》げ込みます。

卵の魔法は大成功《だいせいこう》！

とはいえ、これは初心者《しょしんしゃ》向けの魔法です。長つづきはしないし、一気に使うと、すぐに終わってしまいます。魔法が解《と》けると、あたりはさわやかに晴れ、地面のゆで卵もみな、夢のように消えてなくなりました。

騒動《そうどう》がおさまると、エルシーは、ハンクが、いつのまにか姿《すがた》を消したことに気づきました。

（ハンクは、いったい、どこに？）

ハンクは、騒動《そうどう》のすきをねらって、こそこそ木こり小屋にもどっていきました。荷物の中から、とんでもない髪型《かみがた》をかくすぼうしを、引《ひ》っ張《ぱ》り出しにね。

「お願《ねが》いだから！　みんな、もう帰って！」

「そうだ！　さっさと、立ち去れ、カアアアア！」

エルシーとコルベットが口々にさけびました。

けれども、だれも帰ろうとはしません。

それどころか、一団《いちだん》となって塔《とう》の玄関《げんかん》に近づいてきます。

（いいわ、次は、カエルよ）

エルシーは、両手のこぶしをにぎりしめました。

カエルの雨は、ゆで卵の雨みたいに痛《いた》くはありません。

でも、その気持ちわるいこと！

エルシーのひざの上に現《あらわ》れた、小さな緑色のカエルたちは、ぴょんぴょんはねながら、木こりたちとハウラー姉妹に向かっていきました。そして、それぞれの足の上に飛《と》び乗ると、げこげこと鳴きました。それから、ぬめっとした冷《つめ》たい足で、首や胸《むね》や背中《せなか》を思いのむくまま、はいずりまわったのです。

「ぜんぶは、消すな。おれのおやつに、二、三匹残《びきのこ》しといてくれ」

コルベットがさけぶのと同時に、魔法《まほう》は消えました。

カエルの雨はやがて静《しず》まり、卵《たまご》のときと同じように消え去ります。

「これで、こりたでしょ！　さあ、もう、帰って！」

エルシーは大声でさけびました。ところが、外の人たちは、がんとして動きません。

シルフィーネは、三切れ目のパイをほおばりながら、女王さま気分で、見物しています。

「いいわ。だったら、やるしかないわね」

エルシーはつぶやき、

「お茶を一ぱい、もってきて！」

大声で、ジョーイに呼《よ》びかけました。

「え？　お茶を？　今？」

「そう！　今すぐ。ミルクを一てき、角砂糖《かくざとう》を六つといっしょにね」

「おい、おまえ、本気であれ、やるのか！」

コルベットがささやきます。

「もちろんよ。わたし、わくわくしてる」

エルシーは、にっこりほほえみました。

エルシーが起こしたティー・カップの嵐《あらし》は、卵《たまご》やカエルの雨とは比《くら》べものにならないほど強烈《きょうれつ》でした。

ティー・カップから上がった小さな雲は、巨大《きょだい》な黒雲となり、うねりながら、木々のこずえより高くのぼり、空一面をおおいました。あたりが真っ暗になって、いなずまが光り、小さな茂《しげ》みが燃《も》えだします。次の瞬間《しゅんかん》、べりべりべりと、ぶきみな音が聞こえ、空が割《わ》れたかと思えるほどの雷鳴《らいめい》が、あたりにとどろきわたりました。

「もう、いいかげんにして！　お茶の時間よ！」

エルシーは、声を限《かぎ》りにさけびます。

けれども、だれも耳を貸《か》そうとしません。

六人の木こりとハウラー姉妹が、一団《いちだん》となって、ぐんぐん、塔《とう》に近づいてきます。

(ああ！　あの人たちが押《お》し入ってくる！)

エルシーがまっさおになったときのことです。

空からとつぜん、茶色い雨が降《ふ》ってきたのです！

角砂糖のひょうが混《ま》じった紅茶《こうちゃ》の雨は、八つの頭の上に、これでもかと降《ふ》りしきります。

木々の枝《えだ》がたわみ、幹《みき》は曲がり、地面のあちこちに、いくつもの、ぬかるみができました。

六人の木こりとハウラー姉妹は、ついに逃《に》げ出しました。

みんなの悲鳴がやむと、

「きみってすごいんだね‼　エルシー！」

ジョーイがびっくりしたように言いました。

「いや、よくやった。おみごと」

コルベットも言いました。

「あの……あの……どうやれば、あんなこと、できるわけ?」

シルフィーネが、口をぱくぱくさせて聞きました。

野原は今、さかんに茶色の蒸気《じょうき》を上げています。

「練習あるのみ!」

エルシーは、にっこり笑《わら》いました。

それは、もちろん、ほんと。

でもみなさんは、もうごぞんじですね、
魔法《まほう》は一に才能《さいのう》、二に練習。

14. おかえり!

次の朝、エルシーは何かがこげるにおいで目を覚《さ》ましました。ベッドを飛《と》び出し、一階のキッチンにかけこむと、

「ああ、おはよう。朝食を作っていたの」

マゼンタは、にこりともせずに、言いました。

赤い魔女《まじょ》マゼンタは、コンロの前で、ブツブツ言いながら、黒こげのトーストにバターをぬっています。着替《きが》えもせず、すてきなゴブラン織《お》りの旅行かばんは、ドアの横に置《お》きっぱなし。その横に、大きな麦わらぼうと、小さなダンボール箱と、ロバのぬいぐるみが積《つ》み重ねられています。

「おかえりなさい！　いつ、もどっていらしたんですか？」

エルシーはびっくりしてたずねました。

「だいぶ前だけどね。今までコルベットと、けんかしてたの。

あいつ、あたしがあげたおみやげが気に入らないんだって！　ところであんたの犬は、ずいぶんましになったわねえ。お風呂《ふろ》に入れたの？」

「はい」

エルシーは、元気に答えました。

「で、留守《るす》中、変《か》わりはなかった？」

マゼンタは、にこりともせずそう言って、ロッキングチェアにどさっと腰《こし》かけ、くつをぽんぽんぬぎすてると、つづけました。

「大した問題はなかったようね。でも、だれかが外の茂《しげ》みに火をつけた？　空気に紅《こう》茶《ちゃ》の匂《にお》いが混《ま》じってる」

「わたしが……きのう、ティー・カップの中で嵐《あらし》を起こしたので。ちょっとした緊《きん》急《きゅう》事《じ》態《たい》があって……」

「でも、あんたは、自分で解決《かいけつ》したんでしょ」

マゼンタは言いました。

「そうですね。ちょっと……魔《ま》法《ほう》を使って」

「ふうん。で、どんな風にやったの。うまくいった？」

「うまくいきました！」

エルシーは、ぱっとほほえむと、小声で言いました。

「もしかして、わたし、魔法《まほう》の才能《さいのう》があるのかな……」

「ええ、あるわね。あたしが思ったとおり。やかんを火にかけて。ぜんぶ話して」

「わかりました」

エルシーはうなずくと、

「黒こげのトーストなんか、食べないで。オムレツを作ります。卵料理《たまごりょうり》なら、わたしに任《まか》せて」

二人はゆっくりと朝食をとりながら、たくさん話しました。

マゼンタは、エルシーの報告《ほうこく》に熱心《ねっしん》に耳をかたむけ、何度もうなずいてみせました。

ただし、エルシーが、

「妹さんのおうちはいかがでしたか？」

と、たずねると、

「その話はしたくないの」

と、言いました。

エルシーは、それ以上《いじょう》、追求しませんでした。〈ピクルス百貨店《ひゃっかてん》の接客《せっきゃく》マナー二番〉『お客は、神さま、さからうな』を忠実《ちゅうじつ》に守ったのです。

朝食後、エルシーは家に帰る準備《じゅんび》を始めました。

マゼンタの言葉に甘《あま》え、二着のワンピースとリボンとブラシとくしもバスケットに入れました。

それから、ブルーでまとめた、可愛《かわい》い部屋を、もう一度みわたしました。すてきな七日間を過《す》ごした部屋を。ふかふかしたベッド。ブルーのベッドカバーについた、お茶のしみと、ドレッサーの焼《や》け焦《こ》げは、エルシーが、ティー・カップの魔法を試《ため》した記念《きねん》。本だなには『初心者《しょしんしゃ》のための、三つのかんたんな魔法』が、あります。

「あげるわよ。持って帰りなさい」

さっき、マゼンタは、言ってくれました。

でもエルシーは、

「ありがとうございます。でも、弟たちが、かんだり、しゃぶったりしますから」

と、ていねいに断《ことわ》りました。

留守番《るすばん》アルバイト最終日《さいしゅうび》ともなれば、急にさびしさがこみ上げてきます。

（こんなにわくわくする一週間を過《す》ごしたら、うちの暮《く》らしが、前よりもっと、たいくつになるかも……）

ふと、ベッドの上の壁《かべ》にかかった絵に目をやり、あっと息をのみました。（絵が変《か》わってる！　みんながいる！）

ピクルス百貨店《ひゃっかてん》の前には、五つの人影《ひとかげ》がならんで立ち、手をふっています。小さな三つの手には、それぞれ手作りの旗《はた》が。

（前は、人間なんか描《か》かれていなかったのに）

エルシーは急に嬉《うれ》しくなり、ブルーのドアを閉《し》めました。

そっと階段《かいだん》をおり、マゼンタのいるキッチンに入ると、

「留守番、完了《かんりょう》。帰ります」

と報告《ほうこく》します。

「ご苦労《くろう》さん。犬は連れて帰るんでしょ？」

「はい」

エルシーは、にっこりうなずき、

「それから、コルベットに、お別《わか》れのあいさつをしたいんですけど」

と言いました。

「おれか？　ここだ」

コルベットが、窓《まど》から顔をつきだし、

「おれは、あいつとけんかしてるんだ」

くちばしで、マゼンタをさし、にくにくしげに言いました。

「おれに、ロバのぬいぐるみだぜ！　鳥のぬいぐるみなら、まだ、がまんしてやってもいいけどなあ」

エルシーは、やさしくほほえみました。

「怒《おこ》らないで。わたし、帰るんだから。ハイタッチしましょ！」

コルベットがかぎ爪《づめ》をつきだし、エルシーのてのひらと合わせます。エルシーは、キッチンを見回しました。

「さよなら、塔《とう》さん。ケーキをたくさん、ごちそうさま」

魔女《まじょ》の塔《とう》の小さなふるえが、エルシーの体に伝《つた》わってきました。

「ああ、忘《わす》れるところだった！」

マゼンタはエルシーに、大きな赤いビロードの財布《さいふ》をわたしました。金貨《きんか》でふくらんでいる財布を。

「あんたのアルバイト代。金貨二十一枚《まい》」

「ありがとうございます」

エルシーは、財布をマントのポケットに入れました。

「ジョーイとシルフィーネにも、『さみしくなるわ』って、伝えていただけますか？」

「いいわよ」

マゼンタは、うなずくと、エルシーを見つめました。

「また、いらっしゃい、なかなかいい、スタートだった。でも学ぶことは、まだ山ほどあるわよ」

「そりゃそうだ。またもどってくるだろ？　な、エルシー」

コルベットが言いました。

「ええ。できればぜひ！」

「そ、じゃ、またね」

マゼンタはめずらしくやさしいほほえみをうかべて、つづけました。

「連絡《れんらく》するからね。そうだ！　あんたにあげるものがあったわ。ドアの横の、あの箱。家に帰ったら開けなさい」


家にもどったエルシーは、家族みんなにだきしめられ、ビロードの赤い財布をあけました。ザクザク出てきた金貨を見て、お父さんもお母さんも、大喜《おおよろこ》び。

「魔女は、うそつかないんだね」

と言いました。

みんながねしずまるのを待って、エルシーは、マゼンタからもらった箱を開けました。

「え？　うそ！　これは？」

エルシーは思わず目を見張《みは》りました。箱の中にきちんと納《おさ》まっていたのは、可愛《かわい》いリボンがついた、それはすてきなくつ。エルシーが前からずっとほしかった、あの、ブルーのダンスシューズだったのです。

訳者《やくしゃ》あとがき――試《ため》してみてね！「あの」魔法《まほう》

岡田好恵

いかがでしたか？　ふつうの女の子エルシーが、ある日とつぜん、森の奥《おく》の「魔女の塔《とう》」で一週間の留守番《るすばん》アルバイトをすることになるお話。翻訳《ほんやく》係のわたしは、

（いいなあ！　魔女の塔に住めるのよ！　期間限定《げんてい》だけどね）

と、うらやましさいっぱいで訳し始めたものの、いや、こりゃ大変《たいへん》！　森は深いし、町の有名なのら犬がついてくる、とつぜん出現《しゅつげん》した「魔女の塔」（動くんですね！）には演説《えんぜつ》好《ず》きなカラスがいる、奇妙《きみょう》なご近所さんたちが次々やってくる。やがて魔法にはぜったい関《かか》わらないと決めていたのに、しかたなく魔法を試すことになり――。

結果《けっか》は、皆《みな》さんご存《ぞん》じのとおり。どんなピンチも、落ち着いて、しっかり乗り越《こ》えていくエルシーの勇気《ゆうき》と元気と、優《やさ》しい心。わたしは彼女《かのじょ》の大ファンになりました。

カラスのコルベット、森の妖精《ようせい》になりたがっているシルフィーネ、郵便配達《ゆうびんはいたつ》のジョー

イ、ちょっと子どもっぽいけど、じつはすごい魔力の持ち主らしい魔女マゼンタ、犬のコラ——おいでおいでの森は、ユニークな登場人物でいっぱいですが——あなたは、だれがお気に入り？　ぜひ感想を聞かせてください。

そして、エルシーが挑戦《ちょうせん》した「初心者《しょしんしゃ》のための三つの魔法」もぜひお試しを。

魔法にくわしい友だちに聞いたら、あの魔法は三つとも、魔女の才能《さいのう》をみきわめるための、とても重要《じゅうよう》な魔法で、友だちはさっさとできちゃったそうです。百万人にひとりの才能《さいのう》かしら。わたしもやってみたけど、なかなか、うまくいきません。

「やっぱり魔女の才能はないのかな」

となげいたら、その友だちに、

「魔法は集中。魔法は気。そしてチャンスよ。忘《わす》れずに、ときどきやってみて」

とはげまされました。以上《いじょう》、まだできないあなた、ご参考《さんこう》にしてください。

エルシーと赤い魔女マゼンタの冒険《ぼうけん》には、どうやらつづきが、あるみたいですよ。

読みたい人は、手を上げて！　編集部《へんしゅうぶ》まで、ぜひ、おてがみくださいね。

著者：ケイ・ウマンスキー　Kaye Umansk
イギリスの児童文学作家、詩人。幼い頃から、両親の勧めで、戯曲や物語を書き始める。教師を目指していたが、作家が本業となり、現在は130冊以上の著作がある。2008年、ユーモラスな児童図書に与えられる「ロアルド・ダール・ファニー賞」の審査委員に選出された。本書は、日本で紹介される最初の作品。

訳者：岡田好惠（おかだ よしえ）
青山学院大学仏文科卒。著書に『アインシュタイン』（講談社火の鳥文庫）、『ピカソ』『アンネ・フランク』（講談社青い鳥文庫）など。訳書に『小公女セーラ』『岩くつ王』『三銃士』（学研プラス）、「みんなが知らない」シリーズ（講談社KK文庫）、『世界幻妖草子』（評論社）など。

エルシーと魔法の一週間

二〇二〇年四月三〇日　初版発行

●著　者　ケイ・ウマンスキー
●訳　者　岡田好惠
●発行者　竹下晴信
●発行所　株式会社評論社
〒162-0815 東京都新宿区筑土八幡町二-二一
電話　営業　〇三-三二六〇-九四〇九
　　　編集　〇三-三二六〇-九四〇三
振替　〇〇一八〇-一-七二九四

●印刷所　中央精版印刷株式会社
●製本所　中央精版印刷株式会社

落丁・乱丁本は本社にておとりかえいたします。

ISBN 978-4-566-01453-4　　NDC933　208p.　188㎜×128㎜
http://www.hyoronsha.co.jp

評論社の傑作選

月の光を飲んだ少女

ケリー・バーンヒル作
佐藤見果夢訳

ある町では、なぜか毎年、森に赤ん坊が捨てられていた。それを、助け続けている魔女ザンは、ある年うっかり赤ん坊に月の光を飲ませてしまい、そして……

336ページ

魔女の子ども

ケリー・バーンヒル作
佐藤見果夢訳

ネッドの母親は、魔法を使い村人を助けている「魔女」。ある日、ネッドは母親から、魔法をあずかることになったが、その魔法をねらう者が現れて……

336ページ

キツネのパックス
——愛をさがして——

サラ・ペニーパッカー作
佐藤見果夢訳

ピーター少年は死にかけていた子ギツネを助け、パックスと名づける。深いきずなで結ばれるが、別れ別れの運命に。再会の日はやってくるのか。感動の物語。

342ページ

魔法使いマーリンの犬
エクスカリバーをぬくのはだれだ?!

E・K・ゲイル作
大山泉訳

魔法使いマーリンの愛犬、ハナキキの物語。ハナキキは、魔法を習い、魔法の石の力を借りて人の言葉も話せます。ある日、マーリンが誘拐されてしまい……。

312ページ